Trixi im Morgenland - Band 2

AF189713

Trixi entdeckt Turisede

Trixi im Morgenland - Band 2

Philipp Wohlwill

Trixi entdeckt Turisede

herausgegeben von Maik Hosang

illustriert von Michaela Lelanz

**Dieses Buch ist Teil des Sinn- und Erlebnisprojekts
„Trixiness Seelenwege"**

Impressum

Autor: Philipp Wohlwill, mit Einbezug von Ideen und Figuren von Maik
Hosang und StudentInnen des Studiengangs Kultur- und Management der
Hochschule Zittau/Görlitz
Urheber Turisede-Figuren: Jürgen Bergmann

Titelgestaltung und Illustrationen: Michaela Lelanz

Herstellung und Verlag: BoD- Books on Demand, Norderstedt

www.pikok.de

ISBN: 978-3-7494-5257-6

Die Deutsche Nationalbibliothek verzeichnet diese Publikation in der
Deutschen Nationalbibliografie; detaillierte bibliografische Daten sind im
Internet über http://dnb.d-nb.de abrufbar.

Inhalt

Kapitel 1

Reisen

Trixi wachte auf, blieb reglos liegen und versuchte, die Augen zu öffnen. Es gelang nur mit Anstrengung, denn ihre Augenlider fühlten sich wie aneinander geklebt an. Sie fühlte sich kaputt, vollkommen ausgelaugt, nicht funktionsfähig. Als sie sich mühsam im Bett aufgerichtet hatte, merkte sie, dass sie mit einem Stein im Bett geschlafen hatte. Sie reckte sich und ihre Muskeln durchfloss ein Zittern, als wenn man mit Rollerblades über Kopfsteinpflaster rast. Der Passant musste die ganze Nacht unter ihr gelegen haben - ihre Rippen auf der rechten Seite taten jedenfalls ziemlich weh. Sie leckte sich die trockenen Lippen. Sie verspürte brennenden Durst.

Trixi stand auf und latschte, ohne sich etwas anzuziehen, mit halb geschlossenen Augen in Richtung Küche. Ihre Eltern warteten bereits auf sie und konnten sich zwar das Lachen noch verkneifen, grinsten aber bis über beide Ohren, als sie ihre Tochter gebückt wie eine Achtzigjährige im Schildkrötentempo den Flur entlang schlurfen sahen. Mit einem unterdrückten Kichern in der Stimme begrüßte Mama ihre Trixi im neuen Tag.

„Guten Morgen, meine jugendliche Tochter, wie geht es dir?"

Trixi schlich am reich gedeckten Tisch vorbei, hinüber zum Schrank mit dem Morgenländler Geschirr. Dort angekommen, nahm sie sich irgendeinen Becher und schüttete mit der Gier der Verdurstenden das Getränk, das der Becher für sie zauberte, in sich hinein. Es war Wasser, einfach nur kühles, klares Wasser, das sich scheinbar aus dem Mund, ohne den Umweg über den Bauch, direkt im ganzen Körper verteilte. Trixi trank mit geschlossenen Augen und spürte, wie das Wasser von ihren Zellen aufgesogen wurde. Vor ihrem inneren Auge sah sie das Bild einer Blume, die auf einer Wiese satten Grüns steht und mit jedem Schluck, den Trixi trank, blühte diese Blume prächtiger. Als die Blume zur Gänze erblüht war, setzte Trixi den Becher ab und atmete einige Sekunden schwer.

Der Rückgang des Elementes Wasser wurde oft recht stark von den Jugendlichen empfunden und natürlich machte sich das auch körperlich bemerkbar. Das Trixi immer weniger Angst in ihrem Leben verspürte und deshalb das Element, das die Angst mit sich brachte, immer stärker aus ihrem System verdrängt wurde, war einer der Hauptgründe, dass das Morgenland sich dafür entschieden hatte, Trixi so früh zur Gogyo-Ki zu rufen. Es gab noch andere Gründe, aber von denen ahnten weder Trixi noch ihre Eltern etwas.

Ihr Körper verarbeitete das Wasser so schnell, dass Trixi ein paar Tränen aus den Augen quollen. Nicht, da sie traurig war, sondern nur, weil auch dort Flüssigkeit gefehlt hatte. Wortlos, aber sichtlich entspannt, wandte sich Trixi ihrer Mutter zu und umarmte sie, schlurfte um den Tisch und umarmte auch ihren Vater, krabbelte dann mühsam auf ihren Stuhl, atmete tief ein und sagte beim Ausatmen: „Guten Morgen". Sie setzte den Becher wieder an und trank langsam noch einige Schlucke. Diesmal war es erfrischend fruchtiger und angenehm süßer Apfelsaft.

Herr und Frau Lichtert lachten schallend ob des jugendlichen Häufchen Elends, das sich ihnen in einer geradezu prächtigen Übellaunigkeit präsentierte. Sie kannten das Gefühl aus der Zeit nach ihrer eigenen Gogyo-Ki. Der Rückgang des Elementes Wasser hatte sie beide allerdings nicht annähernd so hart getroffen, wie es offensichtlich bei ihrer Tochter der Fall war. Aber sie waren auch nicht überrascht, weil sie ja um das Talent ihrer Tochter wussten, mit Mut ihre Angst zu bekämpfen, um diese dann mit einem Erfolg zu besiegen.

Nun saßen die stolzen Eltern Trixi gegenüber und schauten sie erwartungsvoll an. Trixi wusste ganz genau, was ihre Eltern sehen wollten und nach einer Nacht voll Schlaf hatte sie sich auch an den Gedanken gewöhnt, dass ihr Passant nicht auf den ersten Blick super cool war, so wie der von ihrer Cousine. Das Lachen ihrer Eltern rief zwar einen wutentbrannten Blick hervor, aber nun musste auch Trixi wieder ein bisschen lächeln. Es war ja schließlich nur ein Tag und nur eine Sache und man konnte immer etwas verbessern oder verändern, dachte Trixi.

Sie versuchte, all ihren Mut zusammen zu bekommen, ihren Eltern den Passanten zu zeigen. Als sie darüber nachdachte, stieg allerdings alles andere als Mut in ihr auf. Sie wurde traurig und fühlte sich plötzlich wieder sehr kraftlos. Ihre Mama merkte, dass in Trixi ein Kampf tobte. Sie kannte aber ihre Tochter und zweifelte etwas daran, dass die Laune der Situation angemessen war.

„Na, worüber bist du enttäuscht? Hast du deinen Passanten nicht am ersten Abend entschlüsselt?", neckte sie und strich Trixi lächelnd über den Kopf. An der Reaktion ihrer Tochter merkte sie, dass etwas ganz und gar nicht stimmte. Sie stand auf, ging um den Tisch und schloss Trixi in die Arme. Als Trixi die Wärme und Liebe ihrer Mutter spürte, da überwältigte sie das Gefühl der Geborgenheit und sie fing leise an zu schluchzen. Einfach aus Erleichterung und weil sie natürlich doch sehr enttäuscht von dem Felsbrocken als Passant war.

Trixis Eltern hatten am heutigen Morgen alles erwartet, nur nicht eine weinende, enttäuschte Trixi. Während sie ihrer Tochter eine Weile gaben, um etwas von ihrer Traurigkeit heraus zu weinen, schauten sie sich erstaunt und mit Sorgenfalten im Gesicht an. Zu ihrer Erleichterung dauerte es nicht lange und Trixi hatte sich wieder beruhigt.

„Was ist denn bloß los?“, fragte nun Trixis Papa.

„Ich zeig's euch, wartet...“, muffelte Trixi und schleppte sich mit hängendem Kopf und kraftlosen Schultern durch den Flur und die Treppe hinauf. Als sie wieder zurückkam, hielt sie einen Stein in der Hand.

Torben und Jule Lichtert erschraken etwas, als sie ihn sahen, ließen sich aber nichts anmerken. Sie erkannten sofort, dass Trixis Passant ein Stück Morgenfelsen war und wussten um die unbändige Macht, die so ein Stein in sich trug. Trixi schlurfte auf den Tisch zu, warf den Stein mit einer beiläufigen Geste darauf und setzte sich lustlos wieder an ihren Platz. Durch ihre zur Schau gestellte Enttäuschung hindurch moserte sie: „Darf ich vorstellen, mein ach so toller Passant“.

Obwohl sie wussten, dass Trixi mit diesem Passanten eine ganze Menge Arbeit vor sich hatte, mussten Torben und Jule sich das Lachen schon wieder verkneifen. So zutiefst in das eigene Leid vergraben, darin absolut eingerichtet und irgendwie nicht unglücklich damit, kannten Trixis Eltern sie nur aus ihrer frühen Kindheit. Wie die meisten anderen Kinder auch, hatte sie im Alter zwischen vier und sechs Jahren sehr mit Enttäuschungen, Rückschlägen und Frustration zu kämpfen gehabt. Für Trixi war es in diesen Jahren eine ziemliche Katastrophe gewesen, wenn etwas nicht klappte. Das hatte sich geändert, als sie sich mit Aram angefreundet hatte. Wenn ihr damals etwas in die Hose gegangen war, hatte sich Trixi dann immer ganz genau so an den Tisch gesetzt - eingewickelt in die eigene Muffeligkeit, wie in eine schützende Decke.

Torben Lichtert nahm den Stein und drehte ihn in der Hand. Als er die flachste Seite gefunden hatte, verweilte sein Blick dort einige Sekunden. Er drehte den Stein um hundertachtzig Grad und stellte ihn mit der flachen Seite auf den Tisch. Nun sah er fast aus wie ein kleiner Berg. Torben wusste, dass er jetzt nur an seine Tochter heran kam, indem er ihr Interesse weckte - alles andere würde an ihrem granitharten Dickschädel abprallen. Also schaute er seine Frau an und fragte sie: „Hast du schon einmal ein so großes Original gesehen?". Mama Lichtert musste sich kurz sammeln, denn das hatte sie nicht. Sie legte ihre Hand auf Trixis Schulter und sagte: „Nein, habe ich noch nicht gesehen".

„Was ist ein Original?", fragte Trixi.

„Das ist ein echtes Stück aus dem Felsen. Wenn der Felsen kalbt, schließt sich das entstehende Loch eigentlich wieder. Sonst wäre der Morgenfelsen ja schon lange weg. Das passiert bei einem Original aber nicht. Sie ändern auch ihre Form nicht. Originale können manchmal ganz schön viel", antwortete Papa. Er holte gerade Luft, um weiter zu sprechen, doch Jule kam ihm zuvor: „Genau dafür hast du Rosie", sagte sie, „die kann dir das alles ganz genau erklären".

Papa Lichtert stimmte zu. Dann schaute er seine Tochter an und sagte: „Mach mal die Handfläche auf".

Trixi gab sich Mühe, sich die Aufhellung ihrer Laune noch nicht so direkt anmerken zu lassen und streckte ihrem Vater also wortlos eine Hand hin. Der nahm den Passanten und stellte ihn mit der flachen Seite auf Trixis Handinnenfläche. Es begannen erst nur die weißen Adern im Stein zu leuchten, dann glomm auch der graue Stein und nach einigen Momenten strahlte der ganze Stein ein helles Licht aus.

Trixi betrachtete ihren Passanten und ohne ihre Eltern eines weiteren Blickes zu würdigen, sagte sie: „Ich geh mich anziehen" und entschwand, den Blick auf den leuchtenden Stein in ihrer Hand gerichtet. Jule und Torben blieben mit einem riesigen Frühstück und einer Menge Zeit in der Küche zurück.

Trixi war in ihrem Zimmer angekommen und setzte sich an ihren Schreibtisch. Sie nahm den Stein von ihrer Handfläche, der sofort aufhörte zu leuchten. Sie stellte ihn vor sich auf den Tisch und betrachtete die Adern, die ihn durchliefen. Sie strich über jede einzelne mit dem Finger und verfolgte sie. Alle endeten in einem Kreis an der flachen Seite des Steines, die scheinbar die Unterseite war. Einige waren sehr rau und andere extrem glatt. Nach einiger Zeit merkte Trixi, dass alle Adern sowohl glatt als auch rau waren. Strich man in die eine Richtung, glitt der Finger über den Strich wie ein Pinguin über eine Eisfläche. In die andere Richtung zu streichen, fühlte sich an, als würde man den Finger über ein grobes Schmirgelpapier ziehen.

Trixi hob den Stein von der Tischplatte und begann, ihn in den Händen zu drehen. Dabei schaute sie genau auf die Adern und strich immer wieder in die eine oder andere Richtung darüber. Sie war plötzlich Feuer und Flamme für ihren Passanten. Er zog sie mit jeder Drehung, die er in ihren Händen vollzog, mehr in seinen Bann. Trixi beobachtet ihre Hände dabei, wie sie den Stein betasteten und hatte fast das Gefühl, der Stein würde sich automatisch in ihren Fingern bewegen. Fast wie eine Katze, die sich mit dem Kopf an eine Hand anschmiegt. Trixi ließ ihren Passanten auch immer mal wieder aufleuchten, indem sie ihn sich in die Handfläche legte. Sie glaubte nicht, dass ihr das bei der Entschlüsselung des

Passanten helfen würde, es fühlte sich einfach toll an.

Trixi stand auf und vollführte mit dem Passanten in der Handfläche einen kleinen Hexentanz. Oder das, was sie glaubte, was eine Hexe tun würde, wenn sie einen Flammenstein beschwören wollte. Es machte ihr einen Riesenspaß. Sie drehte sich und sprach in Fantasiesprache und probierte dabei das eine oder andere aus. Zum Beispiel legte sie den Stein von der einen Hand in die andere - immer wenn der Stein in der linken Handfläche lag, erlosch das Licht. Trixi blieb in der Mitte ihres Zimmers stehen, streckte die rechte Hand aus und wartete, bis der Passant hell leuchtete. Dann streckte sie die linke Hand aus, legte sie über den Stein und ließ immer nur ein kleines Stück des Steines frei, so dass der Lichtstrahl wie eine Taschenlampe nur einen Teil ihres Zimmers ausleuchtete. Dabei fiel ihr etwas auf. Sie nahm die linke Hand wieder weg und sah, dass der Stein sein Leuchten angepasst hatte. Er war an den Stellen, an denen Trixis linke Hand gelegen hatte, dunkel geworden und leuchtete nun tatsächlich nur noch in eine Richtung. Trixi drehte den Passanten, um sich ihre neue Taschenlampe von vorne anzuschauen und leuchtete sich dabei in die Augen. Sie wurde aber nicht geblendet. Es war ihr nicht bewusst gewesen, doch während ihres Tanzes hatte sie die ganze Zeit in ein extrem helles Licht geschaut, war aber kein bisschen geblendet. Jetzt strich sie über die letzte leuchtende

Stelle und es wurde dunkel. Der Stein begann erst wieder zu schimmern, nachdem Trixi ihn von der Handfläche genommen und erneut abgestellt hatte. Dann wurde er wiederum langsam heller. Trixi dauerte das zu lange, deshalb versuchte sie instinktiv, das Licht mit der linken Hand aus dem Stein heraus zu ziehen. Sie konnte es selbst nicht fassen, aber es funktionierte - das Licht folgte ihrer Hand! Sofort begann sie wieder ihren Hexentanz und spielte dabei diesmal nicht mit dem Passanten, sondern dem Licht, das er abgab. Sie konnte es sogar in eine Richtung werfen. Dann flog ein heller Punkt durch ihr Zimmer - wie ein kleines Glühwürmchen.

Trixi nahm den Passanten wieder in die linke Hand und versuchte mit der rechten, Licht heraus zu ziehen. Auch das klappte und nun konnte Trixi den Passanten in beiden Händen zum Leuchten bringen. In der rechten wurde er immer heller. Hielt sie ihn in der linken, veränderte er seine Lichtintensität nicht mehr. Trixi war wie gebannt.

„Die Flamme von Trixiness", flüsterte sie und hob den Passanten wie zur Verehrung über ihren Kopf. Als sie den Passanten anhob und von unten betrachtete, sah sie, dass der Kreis unten auch leuchtete. Wiederum instinktiv setzte sie sich ihren Passanten wie einen Hut auf den Kopf und mit einem Schlag umgab sie eine bläuliche Flamme, die in ihrem Passanten auf ihrem Kopf gipfelte. Von ihrem Hals aufwärts war die Flamme rot. Das Rot begann langsam in Richtung ihrer Füße zu wandern. Trixi verspürte keinerlei Angst, nur große Faszination und eine unglaubliche Hitze in ihrem Inneren, die sie vom Scheitel bis zur Sohle durchfloss. Nicht unangenehm, aber sehr intensiv. Alles kribbelte und ihr Herz pochte wie verrückt. Sie begann sogar, etwas zu schwitzen.

Der Passant begann, an ihr zu ziehen, er wollte nun nach oben. Er zog an Trixi so stark, dass sie ihn kaum noch festhalten konnte und als sie merkte, dass ihre Fersen sich vom Boden lösten und sie nur noch mit den Fußspitzen auf den Boden kam, ließ sie den Passanten los. Er schwebte langsam durch ihr Zimmer. An jedem Regal, jedem Pokal, jedem Buch und jedem Kuscheltier vorbei. Kurz verweilte er in jeder der acht Ecken des Zimmers und Trixi konnte nur staunend und voller Spannung zuschauen. Kein einziger Gedanke regte sich in ihrem Gehirn. Es sog nur auf, was es präsentiert bekam.

Nach einigen Momenten merkte Trixi, dass sie inzwischen schwitzte wie nach einem Langstreckenrennen. Sie schaute auf ihre Hände und sah, dass sie immer noch umgeben war von dem Licht, das inzwischen fast vollständig eine rötliche Färbung angenommen hatte. Nur ihre Füße wurden noch von der bläulichen Flamme umspielt.

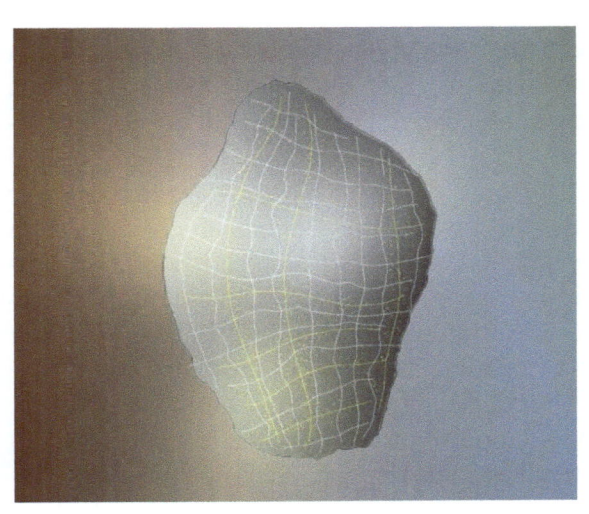

Sie wandte ihren Blick wieder ihrem Passanten zu. Der hatte anscheinend seine Runde durch das Kinderzimmer beendet und fand nun eine Position über dem Türrahmen. Von dort aus breitete sich das blaue Licht in Trixis ganzem Zimmer aus. Es floss wie eine Schutzschicht über alle Gegenstände und Wände, bis Trixis Zimmer vollständig in einem leichten Blau leuchtete. Als letztes war die Zimmertür dran. Der Rahmen und die Klinke begannen rot zu glühen, nachdem die blaue Schutzschicht die Tür ummantelt hatte.

Trixi stand als rote Flamme in einem blau leuchtenden Zimmer und schaute auf ihre glühende Zimmertür, ohne ein bisschen zu denken. Als der gesamte Türrahmen rot leuchtete, ging von dem Passanten eine Art Druckwelle aus, die Trixi an jene aus der Morgenhöhle erinnerte - nur viel schwächer. Das Zimmer vibrierte kurz. Dann gab es einen lauten Schlag. Für eine Sekunde war statt der Tür in Trixis Türrahmen nur ein tiefes, schwarzes Loch zu sehen. Als die Tür wieder auftauchte, zog sich der blaue Schleier von Trixis Zimmer zurück. Die Flamme, die Trixi umgeben hatte, zog sich in Trixis Körper zurück und verband sich mit der Wärme in ihrem Inneren. Dann senkte sich der Stein langsam und schwebte zurück auf Trixis Kopf.

Sobald sie wieder etwas denken konnte, begriff sie, dass sie soeben ihren Passanten entschlüsselt hatte - einfach dadurch, dass sie ihn auf den Kopf gesetzt hatte. Sie besaß nun ein Reisezimmer und war gerade Zeuge davon geworden, wie ihr Passant die Reisefunktion ihres Zimmers aktiviert hatte.

Trixi fühlte sich so fit und energiegeladen, dass sie nichts mehr aufhalten konnte. Sie wusste, dass sie nicht reisen durfte. Nicht, bevor sie morgen ihre ersten Sicherheitsinstruktionen von Rosie erhalten würde. Doch sie musste unbedingt ausprobieren, was passierte, wenn sie ihr Passwort sagte. Sie konnte die Tür ja auch geschlossen lassen. Also flüsterte sie ein langgezogenes *Maaamaaa* und imitierte dabei den Angstschrei, der ihr während ihrer Gogyo-Ki entfahren war und den das Morgenland zu ihrem Codewort gemacht hatte.

Erst passierte kurz nichts, dann begann das Zimmer leicht zu wackeln und Geräusche zu machen. Erst war es ein tiefes Ploppen, das immer schneller wurde. Das Zimmer ruckelte im Takt des Ploppens wie eine Eisenbahn. Das Ploppen wurde höher und immer schneller. Es verwandelte sich in eine langsame Vibration, die allmählich beschleunigte. Wie bei einem Motor, der nach langer Zeit zum ersten Mal anläuft. Die Vibration wurde immer schneller und deshalb immer seichter, bis sie nicht mehr zu spüren war. Trixi stand in ihrem Zimmer in der am weitesten von der Tür entfernten Ecke. Es fühlte sich an, als ob sich ihr Zimmer drehen würde. Nicht um sie herum, sondern mit ihr darin. Und so war es auch. Das Zimmer drehte sich um die eigene Achse und nahm immer mehr an Fahrt auf. Trixi konnte nicht mehr stehen bleiben. Sie wurde von den Kräften, die durch die Drehung entstanden, an die Zimmerwand gedrückt. Aber nicht nur sie, sondern auch ihre Möbel. Ihr Korbsessel fiel um und kam auf sie zugerast. Trixi hob die Hände schützend vor ihr Gesicht, aber eines der Stuhlbeine bohrte sich in ihren Magen. Das tat weh. Es blieb ihr jedoch nicht einmal Zeit, um *Aua* zu sagen. Schon kamen Schulhefte, Spielzeuge und Kuscheltiere geflogen. Das Zimmer drehte sich immer schneller, so dass auch Trixis Bett hochflog und mit einem lauten Knallen gegen die Wand geschleudert wurde.

Dann flog nichts mehr. Alles klebte an den Wänden des Zimmers. Trixi kreischte aus Leibeskräften. Sie wollte nur, dass das Zimmer endlich anhielt. Sie schrie nach Mama und Papa, war sich dabei aber sicher, dass diese sie nicht hören konnten. Da hatte sie allerdings unrecht. Schon nachdem der Korbstuhl gegen die Wand geknallt war, waren die beiden die Treppe heraufgestürzt und nun standen sie hilflos vor Trixis Zimmer. Die Tür war verschlossen und der Türknauf glühte rot. Selbst wenn sie die Tür öffnen könnten, wussten sie, dass sie ihre Tochter damit wohl in noch größere Gefahr bringen würden. Sie mussten warten, bis das Zimmer sich komplett initialisiert hatte. Dann konnten sie es mit Hilfe einer Notvorrichtung aus dem Strom zurückholen. Aber eben nur das Zimmer. Trixi musste dafür unbedingt darin bleiben und durfte es nicht verlassen.

Während Jule Lichtert verzweifelt vor der Zimmertür ihrer Tochter wartete, war Torben Lichtert die Treppe wieder heruntergerannt, hatte Rosie angerufen und sie darüber informiert, dass Trixi gerade ihr Zimmer aktiviert hatte. Dann war er ins Auto gesprungen und momentan raste er über die Hauptstraße Richtung Rosie, um sie zur Hilfe zu holen. Das Morgenland machte alle Ampeln grün und sorgte dafür, dass Torben ungestört und unfallfrei sein Ziel erreichte. Rosie stand vor ihrem Haus und sprang sofort ins Auto, nachdem Torben mit quietschenden Reifen vor ihr gestoppt hatte. Unmittelbar begann sie, Torben mit Fragen zu bombardieren, von denen er fast keine beantworten konnte.

Währenddessen wurde Trixis Wunsch, das Zimmer möge aufhören, sich zu drehen, Wahrheit. Das Zimmer stoppte seine Rotation und alles fiel auf den Boden. Trixi fiel unsanft auf den Hintern und bekam einen ihrer Pokale auf den Kopf, der über ihr an der Wand geklebt hatte.

Das Zimmer taumelte nun wie eine Nussschale auf einer Riesenwelle. Trixi wurde seekrank und hatte das Gefühl, sich übergeben zu müssen. Da rutschte das Zimmer plötzlich ab. Erst fühlte es sich wie eine Fahrstuhlfahrt an, dann wie Fallen. Trixi und alle ihre Dinge schwebten kurz im Raum - nur einige Zentimeter hoch. Als es etwas langsamer ging, fielen sie wieder auf den Boden.

Immer noch wild ging es tief hinab, wie eine Achterbahn aus dem Universum. Das Zimmer bremste und wieder fühlte es sich wie in einem Fahrstuhl an. Dann zitterte es kurz und heftig und schaukelte schließlich ganz leicht und angenehm wie bei einer Tretbootfahrt auf dem See...

Im Haus der Lichterts stürmte Rosie, gefolgt von Torben, die Treppe hinauf.

„Ich höre sie nicht mehr", sagte Jule zu Rosie und hatte Tränen in den Augen.

„Dann ist sie angekommen", sagte Rosie knapp und direkt darauf befahl sie: „Schnell, eure Passanten", denn sie hatte gesehen, dass das Glühen des Türgriffs nachließ.

Torben und Jule nahmen ihre Eheringe ab. Sie hatten zu ihrer Hochzeit ihre Passanten so transformiert. Sie hielten Ihre Ringe an die oberen Ecken des Türrahmens. Der bekam Holzfinger und sie steckten die Passanten darauf. Das blaue Glühen umgab den Türrahmen und stoppte das rote Glühen des Türknaufs.

Trixi hatte sich gerade an das Schaukeln gewöhnt, da gab es einen ohrenbetäubenden Knall. Trixi begann zu weinen, weil sie einfach nicht mehr wusste, was passierte. Die Tür flog auf und Rosie kam, gefolgt von Trixis Eltern, ins Zimmer gestürzt.

25

Rosie blieb stehen, als sie die weinende, aber offensichtlich nicht schwer verletzte Trixi sah. Jule und Torben rannten an ihr vorbei und schlossen weinend und erleichtert ihre Tochter in den Arm. Rosie schaute sich im Zimmer um, entdeckte den Passanten in einer Ecke und kassierte ihn sofort ein.

„Alle Mann raus!", befahl sie und alle hielten das für eine gute Idee.

Auf dem Flur stoppte Rosie die drei.

„Trixi kommt gleich nach", sagte sie und die Eltern ließen ihre Tochter los und machten sich auf den Weg in die Küche, um Tee und Kakao zu kochen. Sie wussten, dass ihrer Tochter eine lange Nacht bevor stand.

Trixi stand vor ihrer Mentorin und schaute verschämt auf den Boden.

„Schau mich bitte an", forderte Rosie, „ich muss jetzt wissen, ob du die Wahrheit sagst."

Trixi nahm all ihren Mut zusammen und schaute der Frau, die ihr seltsam nahe stand, obwohl sie diese erst so kurz kannte, in die Augen.

„War die Tür offen?", begann Rosie ihre Befragung. Während Trixi „Nein" sagte, so deutlich sie konnte, merkte sie, dass im Gesicht der hoch angesehenen Morgenländlerin ein Anflug von einem Lächeln lag und ein Wohlwollen in ihrer Stimme zu hören war.

„Warst du drin, während der Türrahmen rot wurde?"

„Ja", antwortete Trixi wieder wahrheitsgemäß,

obwohl sie ahnte, dass das nicht gut war.

Rosie schüttelte schweigend den Kopf. Dann sah sie Trixi tief in die Augen.

„Man ist bei der ersten Aktivierung eigentlich draußen."

Trixi sah die Sorge in Rosies Augen, als die fragte: „Hast du auch geglüht?".

Wieder zwang sich Trixi, die Wahrheit zu sagen. Denn sie merkte, dass es hier um mehr ging als nur darum, ihr einen Denkzettel zu verpassen.

„Ja", sagte sie also kleinlaut.

„Das ist normal, soll man aber eigentlich nicht sehen", sagte Rosie.

Trixi blickte auf und fragte: „Warum?".

„Weil es dir Angst machen kann, vor etwas, das dir hilft, das dich verändert, welches du aber nicht aufhalten kannst. Mit dem du mitgehen musst, an das du dich gewöhnen musst, welches dir aber auch viel gibt."

„Verstehe ich nicht", sagte Trixi.

„Das hast du auch gerade eindrucksvoll bewiesen. Ich werde dir jetzt noch einiges zu erklären haben, damit du zumindest eine kleine Vorstellung davon bekommst, womit du es zu tun hast, wenn du dein Reisezimmer benutzt oder wenn du deinen Passanten verwendest."

Nach einer kurzen Verschnaufpause ging die Befragung weiter: „Warst du alleine, als du deinen Passanten aktiviert hast?".

„Ja", kam Trixis Antwort wieder ungewöhnlich einsilbig.

„Den Rest machen wir gleich. Geh dich erst mal von deinen Eltern verarzten lassen", riet Rosie ihrem Schützling und beendete damit das Gespräch vorerst.

Als Trixi weg war, betrat Rosie das Zimmer noch einmal. Nicht etwa, weil sie noch etwas darin zu tun hatte, sondern um kurz für sich selbst zu sein. Vor 20 Minuten hatte sie schließlich noch gemütlich in ihrem Bett gelegen und ein Buch gelesen. Nun musste sie die Ereignisse selbst rekapitulieren und sich einen roten Faden für das Gespräch mit Trixi zurecht legen. Rosie log zwar nie, wenn sie mit ihren Schülerinnen sprach, aber je nach Begabung und Charakter erzählte sie unterschiedliche Dinge und betonte den einen Umstand vielleicht etwas mehr als den anderen. Es war auf jeden Fall wichtig, Trixi zu erklären, dass ihre Eltern ihr vielleicht nicht ganz so viel über die Zimmer erzählt hatten, wie andere Eltern es taten, dachte Rosie. Sie brauchte noch eine Minute, um wieder Abstand zu den Ereignissen zu bekommen. Sie sah sehr viel von sich selbst in Trixi und das machte es viel schwerer zu beurteilen, welcher der richtige Weg für das Mädchen war. Rosie atmete einige Male tief durch und spürte der Ruhe im Mittelpunkt ihrer Seele nach. Dann machte sie sich selbst noch einmal klar, dass das Leben ein Kreislauf und jeder Einzelne nur ein kleiner Teil darin war und ging die Treppe hinunter. Sie setzte sich zu Familie Lichtert an den

Tisch und schenkte sich wortlos einen Tee ein. Torben und Jule Lichtert hatten unterdessen mehr oder minder schweigend die Wunden ihrer Tochter versorgt. Sie hatte von dem Pokal eine ziemlich heftige Schürfwunde am Kopf davongetragen und ihre Rippen schmerzten an der Stelle ein wenig, an der sie der Stuhl getroffen hatte. Abgesehen von einigen blauen Flecken hatte Trixi keine weiteren Schäden erlitten. Am meisten schmerzte sie es, ihre Eltern enttäuscht zu haben und es war tatsächlich doppelt schlimm, dass auch Rosie hier war. Das Urteil der erfahrenen Reisenden war Trixi wichtiger, als sie zugeben wollte. Das Schweigen ihrer Eltern deutete sie als strafend, obwohl die anwesenden Erwachsenen in Wirklichkeit aus Überforderung schwiegen. Jule und Torben Lichtert schwiegen auch aus Scham. Sie fühlten sich schuldig, denn sie wussten so gut wie Rosie, dass sie ihre Tochter eher von reisenden Jugendlichen fern gehalten hatten und auch versucht hatten, die Faszination des Mädchens für das Reisen nicht auch noch anzuheizen. Nun befürchteten sie, dass sie auf ihre alte Freundin Rosie hätten hören sollen, als die ihnen vor Jahren geraten hatte, Trixi in ihrer Reiselust unterstützend zu begleiten, solange dies möglich war.

Das Gleiche ging auch in Rosies Kopf vor und sie brauchte einige Sekunden, um sich von dem Gedanken frei zu machen, dass sie es doch die ganze Zeit gesagt hatte. Sie befreite sich von der Frage, warum die Lichterts nicht einfach auf sie gehört hatten, indem sie sich klar machte, was sie jetzt auch im Begriff war, Trixi zu erklären: Die Verbundenheit aller Seelen miteinander ist so vollständig, dass sich das Gesamte im kleinsten Teil jedes Einzelnen wiederfinden lässt.

Rosie war erfahren genug, um zu wissen, dass es lange Zeit brauchte, um eine so schlecht fassbare Wahrheit zu vermitteln. Sie wusste außerdem, dass sie den Weg zu dieser Erkenntnis nur mit Trixi beginnen konnte und die junge Frau selbst entscheiden musste, wie viel Wahrheit sich darin für sie verbirgt.

Rosie schaute, nachdem sie in aller Seelenruhe einen Schluck Tee geschlürft hatte, jedem Mitglied der Familie Lichtert kurz in die Augen.

„Ihr seid erwachsen, ihr könnt machen, was ihr wollt", entließ sie Trixis Eltern mit ihrer unwiderstehlichen Autorität.

Torben und Jule Lichtert wussten, dass der Zeitpunkt gekommen war, an dem es besser für ihre Tochter war, wenn Rosie sich um sie kümmerte. Sie standen auf und umarmten ihre Tochter und küssten sie auf die Stirn. Dann umarmten beide Rosie liebevoll und dankbar. Trixi spürte die Verbundenheit zwischen den dreien und ihr Vertrauen in Rosie wuchs erneut.

„Wir beide gehen dein Zimmer aufräumen", wandte Rosie sich an Trixi, als wäre es ein stinknormaler Montagnachmittag und sie wäre die strenge Tante.

Beherzt stapfte Rosie voran, die Treppe hinauf und Trixi folgte fast wie ferngesteuert. An der Tür stoppte Rosie.

„Es ist und bleibt dein Zimmer" und dabei machte sie eine einladende Geste.

Trixi ging an ihr vorbei, öffnete die Tür und wurde von dem größten Chaos empfangen, das sie je gesehen hatte. Es war nicht viel heil geblieben. Mit einem Lächeln auf den Lippen, das Trixi aber nicht sehen konnte, fuhr Rosie fort: „Es ist jetzt aber auch deine Verantwortung". Dann ging sie an Trixi vorbei ins Zimmer, schnappte sich den Korbstuhl, stellte ihn auf einen Fleck, der relativ frei geblieben war und machte es sich darauf gemütlich.

Trixi betrat das Zimmer und wollte sich auf ihr Bett setzen. Das stand aber immer noch senkrecht an der Wand, weil es sich mit der Gardinenstange verkeilt hatte. Trixi ging zu ihrem Nachttisch, der aus einer dicken Scheibe Baumstamm bestand, hob ihn auf, stellte ihn hin und setzte sich darauf. Dann sah sie erwartungsvoll Rosie an. Die war sich nicht ganz sicher, ob sie lachen oder weinen sollte, weil Trixi natürlich recht hatte, wenn sie dachte, dass es hier nicht vornehmlich um das Aufräumen gehen sollte. Aber sie hatte auch klar gesagt, dass jetzt das Zimmer aufgeräumt werden soll und Trixi scherte sich nicht einen Deut darum.

„Trixi, ich bin 76 Jahre alt, es ist inzwischen halb ein Uhr in der Nacht. Das hier ist nicht mein Zimmer und ich werde jetzt bestimmt nicht für dich aufräumen. Ehrlich gesagt, werde ich dir nicht einmal helfen", erinnerte Rosie an die eigentliche Aufgabe.

Trixi stand auf, schaute sich um und dann hilflos Rosie an.

„Du hast gerade eine interdimensionale Reise gemacht. Erzählst du mir jetzt, dass du dein Zimmer nicht aufräumen kannst?"

Trixi lächelte und begann nun mit den kleineren Sachen.

Rosie fuhr zufrieden fort: „Nur weil man ein Gaspedal treten kann, kann man noch nicht Autofahren. Wenn du weißt, wie man Zementmörtel mischt, macht dich das noch nicht zum Maurer und deine Spaghetti schmecken bestimmt toll, dadurch bist du aber noch kein Gastronom. Dieses Zimmer ist jetzt deine Verantwortung und Verantwortung bedeutet, dass du mit den Folgen deiner Handlungen umgehen musst. Dazu gehört, über die Folgen deines Handelns nachzudenken, bevor du eine Entscheidung triffst. Dazu ist es unerlässlich, das große Ganze zu kennen. Dein Mörtel kann noch so gut sein, aber wenn es unter null Grad ist, kannst du nicht mauern. Du musst ein Gefühl für das große Ganze entwickeln, Trixi. Wie glaubst du, funktioniert das Reisen?"

Trixi hatte gerade entschieden, dass sie ihre Sachen erst einmal nach heil und kaputt sortieren würde und war mit einem Rollerblade, dem Rollen fehlten, auf dem Weg zum Kaputt-Haufen.

„Naja, die Zimmer bringen mich in den Strom", begann sie zu antworten, „und darin herrscht dann eine Art von Chaos. So, als wenn man alles, das existiert oder existiert hat, in eine Schachtel wirft und die ganze Zeit schüttelt. Alles ist durcheinander und in Bewegung", fuhr sie fort.

Dann sah sie unter ihrem Regal einen alten Teddy liegen und ging darauf zu. Sie kippte das Regal nach hinten und kramte mit dem Fuß den Teddy hervor. Rosie wartete. Tatsächlich sprach Trixi auf dem Weg zum Reparieren-Haufen weiter: „Und mit dem Zimmer kann man an einem Stück im Chaos teilnehmen. Oder so."

Sie schaute kurz Rosie an und begann dann, das umgekippte Regal auszuräumen, um es wieder aufzustellen.

„Das war schon erstaunlich gut erklärt, Trixi", lobte Rosie, „vor allem in Bezug auf das große Ganze. Aber ich möchte, dass du noch einen Schritt weiter gehst und nicht nur die Frage nach dem Was, sondern auch nach dem Wie und vielleicht sogar dem Warum beantwortest."

Mit einem einsilbigen „Okay" forderte Trixi ihre Lehrerin zum Weitersprechen auf. Das ließ Rosie aber nicht zu.

„Wie, glaubst du, fährt, fliegt oder schwimmt dein Zimmer im Strom?"

Trixi blieb stehen und überlegte.

„Keine Ahnung", gab sie zu.

„Was, glaubst du, ist mit dir heute passiert?", fragte Rosie weiter.

„Keine Ahnung", wiederholte Trixi.

„Hinter all dem steht ein großes Ganzes und du bist ein Teil davon. Nicht dein Zimmer fliegt, sondern du bist es. Deine Seele fliegt, Trixi. Der Strom ist wie ein Spiegel des inneren Zusammenhaltes des Universums. Der Strom beweist, dass alles miteinander verbunden ist - auch ohne, dass es dafür rationale oder physikalische, psychische oder soziale Gründe gibt. Alles besteht aus einem. Es gibt einen Menschen aus der Normwelt, der das für alle Seelen ziemlich zutreffend beschrieben hat, egal wo und wie sie sind. Er hieß Ralph Waldo Emmerson und ich bin sicher, man könnte ihn im Strom treffen. Ich hatte leider noch nicht das Glück. Er hat das große Ganze beschrieben, welches unser Reisen und unser Leben ermöglicht, welches die Natur und alles andere in sich zusammenhält. Er hat sowas gesagt wie, dass es eine Einheit sei, in der das Einzeldasein jedes Menschen bereits enthalten ist und eins mit dem aller anderen wird. Ein gemeinsames Herz, das aus jedem wahrhaftigen Gespräch eine Feier macht, dem wir uns in jeder mutigen Tat widmen. Eine überwältigende Realität, die all unsere Kniffe und Talente zunichte macht und jeden zwingt, als das zu erscheinen, was er ist und nach seinem Charakter zu sprechen und nicht nach seinen

Ängsten. Eine Einheit, die uns unaufhörlich be-
strebt macht, mit unseren Gedanken und Händen
Weisheit, Rücksicht, Ruhe und Schönheit zu
schaffen."

Kapitel 2

Das Turiseder Artefakt

Trixi schlug die Augen auf, war sofort hellwach und hüpfte aus dem Bett. Sie nahm schnell ein paar frische Jeans und einen Kapuzenpullover aus dem Schrank und zog sich in Windeseile an. Auf dem Weg nach draußen schlüpfte sie barfuß in ihre Sportschuhe und blieb kurz im Türrahmen stehen.

„Heute ist es soweit", sagte sie zu sich selbst, „meine erste, echte Reise im Strom."

Wie Rosie es ihr beigebracht hatte, legte sie das Kinn auf die Brust, ihre Handinnenflächen aneinander und die Hände vor das Gesicht. Dann atmete sie tief ein und richtete dabei an ihrer Wirbelsäule Wirbel für Wirbel auf. Als sie am Schädelansatz angekommen war, waren ihre Lungen bis zum Bersten mit Luft gefüllt, ihr Kinn zeigte nach vorn, ihre Schultern waren entspannt und ihre Haltung aufrecht. Sie atmete langsam aus und ging dann Zähneputzen und in die Küche, um zu frühstücken.

Sie hatte keinen rechten Appetit, weil sie ziemlich aufgeregt war. Sie zwang sich aber dazu, eine Banane zu essen und packte ihren Rucksack sehr gewissenhaft mit Wasser und Erste-Hilfe-Kasten und allem, was sonst noch zu einer Reiseausrüstung gehörte. Ihren Passanten trug sie mittlerweile als Anhänger um ein Armkettchen. Sie hatte zwar noch nicht herausgefunden, wie man seine Form veränderte und alle sagten, dass ginge auch nicht - aber sie wusste inzwischen, wie sie die Größe ihres neuen Begleiters verändern konnte. So war es kein Problem mehr, den Stein ständig bei sich zu tragen.

Noch bevor Trixi mit allem fertig war, klingelte es an der Tür. Natürlich war es Rosie. Sie hatte die Unart, zu früh zu Verabredungen zu kommen und sich auch noch zu beschweren, wenn andere nur pünktlich kamen. Sie hatte dann ja schon gewartet. Rosie hasste Zuspätkommen und Trixi dafür das Warten, weshalb die Jugendliche dazu tendierte, ein paar Minuten zu spät zu kommen, um das Warten zu umgehen. Es gab immer mal wieder Reibereien deshalb. Trotzdem verstanden sich die beiden inzwischen hervorragend. Sogar so gut, dass beide ab und an aufpassen mussten, ihre erwachsenen bzw. jugendlichen Geheimnisse nicht versehentlich auszuplaudern.

Rosie trug wie immer eine Art Dschungelausrüstung. Jede Tasche ihrer Cargohose beherbergte ein anderes wichtiges Utensil. Von feuerfesten

Zündhölzern, über ein Taschenmesser, bis hin zu einem Stück Seife. Ähnlich sah es auch in ihrem Rucksack aus. Mit der durchdachten Ordnung von 40 Jahren Reiseerfahrung nutzte Rosie jeden Zentimeter ihres Gepäckstückes, ohne das es zu schwer wurde. Trixi hatte schon viel mehr von Rosie gelernt, als sie realisierte. Über Ordnung und darüber, wie man sich über ein unbekanntes Thema informiert. Auch über Chemie und Physik hatte Trixi einiges gelernt, als Rosie ihr gezeigt hatte, wie man Feuer macht und Flusswasser reinigt oder Tauwasser auffängt.

Gutgelaunt stand Rosie in der Tür.

„Guten Morgen", zwitscherte sie. Sie war offensichtlich in bester Laune. Genauso wie Trixi, die mit einem nicht minder freudigen „Guten Morgen" antwortete.

„Alles fertig? Hast du was gegessen?"

„Bin dabei", sagte Trixi kauend, „möchtest du noch einen Tee trinken?", fügte sie höflich an und Rosie sagte sofort: „Nein, ich will los. Du nicht?"

Trixi steckte sich das letzte Stück Banane in den Mund, entsorgte die Schale, zog sich eine Jacke an und setzte sich den Rucksack auf.

„Alles klar, ich bin bereit."

Trixi stellte sich neben Rosie vor die Treppe. Sie musste lachen, als sie erst sich und dann ihre Lehrerin betrachtete.

„Wie albern ist das denn? Wie wir aussehen! Und jetzt gehen wir gleich einfach nur in mein

Zimmer."

Trixi musste wieder lachen.

„Uiiih, eine gefährliche Expedition ins Kinderzimmer", raunte sie Rosie verschwörerisch zu, die grinsen musste.

„Wirst ja sehen", entgegnete die.

Sie standen noch eine Sekunde am Fuß der Treppe, bis Rosie Trixi mit den Worten *Dein Zimmer* zum Vorgehen aufforderte.

Trixi stapfte in ihr Zimmer, das inzwischen ganz aufgeräumt und restlos wiederhergestellt war. Sie öffnete die Tür, ließ Rosie eintreten und beide suchten sich einen Sitzplatz. Rosie auf dem Schreibtischstuhl, Trixi auf dem Bett. Das Einklinken in den Strom war nur beim ersten Mal so wild und gefährlich.

Trixi nahm das Kettchen von ihrem Handgelenk. Sie legte die Spitzen von Daumen und Zeigefinger aneinander. Berührte mit den Spitzen der beiden Finger den Stein und zog die Finger dann auseinander, so dass der Abstand zwischen den Fingerkuppen immer größer wurde. Dabei strich der Daumen von der Mitte des Steines nach unten und der Zeigefinger nach oben. Der Stein wuchs auf Normalgröße an. Trixi hielt ihren Passanten in beiden Händen und er fing leicht zu glimmen an. Sie rief ihr Codewort *Maaamaaaa*.

Das Zimmer drehte sich, taumelte wie eine Nussschale auf einer Riesenwelle, rutschte tief hinab wie eine Achterbahn aus dem Universum und zitterte dann kurz und heftig. Trixi wurde auf ihrem Bett sitzend leicht hin und her geschüttelt, doch kein Vergleich zu der Todesfahrt während der Initialisierung des Zimmers. Schließlich begann das Zimmer, seicht zu schaukeln. Sie waren im Strom angekommen. Trixi stand auf, hielt die Luft an und öffnete die Tür.

Ein wunderschöner, warmer Sommertag empfing die beiden ungleichen Reisenden. Trixi drehte sich um und schloss die Tür, die in dem Moment einfach verschwand. Es war natürlich extrem wichtig, die Tür zu schließen, sonst bestand die Gefahr, dass etwas aus dem Strom ins Morgenland eindrang. So flexibel und mutig Morgenländler waren, auch sie hatten ihre Grenzen und wollten nicht, dass ihr Morgenland von einem Raubtier aus einer anderen Welt heimgesucht wurde.

Nachdem sie sich einen Wegpunkt in ihrem Passanten gesetzt hatte, um die Tür wiederzufinden, verkleinerte Trixi den Passanten und wandte sich ihrer Umgebung zu.

Vor ihnen erstreckte sich eine grüne Landschaft mit einem kleinen Wäldchen voll unglaublich hoch gewachsener Bäume. Das Gelände vor ihnen war nicht ganz so dicht bewachsen, aber dennoch standen überall Bäume. Merkwürdig sortiert kam Trixi das Bild vor. Als ob die Bäume nach einem bestimmten Muster oder einem Plan angeordnet worden wären. Nach dem kleinen Wäldchen kam ein grasbewachsener Abhang.

Trixi und Rosie standen auf einem Hügel, der in Richtung eines Flusses, den man ebenfalls schon sehen konnte, abfiel. Links und rechts von ihnen gab es noch mehr Bäume. Auf der anderen Seite des Flusses erhob sich wieder ein Hügel und dahinter erstreckte sich ein weites Land, das von einem tiefblauen Himmel überspannt wurde. Trixi erkannte auf der anderen Flussseite auch eine Art Dorf, das mit dem Wald fast wie verwachsen schien und in dem ein geschäftiges Treiben herrschte. Das ließen jedenfalls die Geräusche, die der Wind bis zu ihnen herüber trug, vermuten.

Plötzlich knackte es im Unterholz und aus der Richtung, in welcher der Wald dichter wurde, kam ein Tier auf sie zugerannt. Zunächst war Trixi sicher, einen Hasen zu erkennen, doch als das Tier näher kam, traute sie ihren Augen nicht. Das Tier hatte zwar die Vorder- und Hinterläufe eines Hasen, war aber um ein vielfaches größer und trug ein kleines Geweih wie ein Reh und hatte auch die rotbräunliche Färbung eines Rehes. Es blieb einige Meter von Rosie entfernt stehen, schaute sie an und schnüffelte. Dann schaute es zurück in die Richtung, von wo es gekommen war und machte einen lustigen Laut - zwischen fiepen und röhren. Es raschelte und ein zweites Wesen lief langsam auf sie zu. Kleiner als das erste, mit winzigen Rehbeinchen, einer Hasenschnauze und langen Schlappohren. Trixi war begeistert und lockte die Tiere mit einem Apfel an. Beide mochten offensichtlich Äpfel, nahmen das ihnen hingehaltene Futter zwischen die Zähne und liefen in Richtung des Flusses. Trixi stand erst mit offenem Mund da und dann jubelte sie.

„Unglaublich! Wooowww! Hast du das gesehen?", wandte sie sich an Rosie, „hast du DAS gesehen?"

Rosie starrte kreidebleich und ungläubig den beiden Tieren hinterher.

„Ich glaube, das muss ein Rase gewesen sein und ein Heh", scherzte Trixi jetzt, während sie zu ihrer Lehrerin ging, um zu schauen, was mit ihr los war.

Rosie blickte immer noch ausdruckslos in Richtung des Dorfes auf der anderen Flussseite und antwortete in ihrer typisch trockenen Art, allerdings ohne Trixi anzuschauen: „Das waren Turehser".

Verdutzt schaute Trixi die ältere Dame an.

„Wie jetzt, woher weißt du das? Gibt es die öfter?"

„Nein, die gibt es nur und ausschließlich in Turisede. Ich kann es nicht glauben, aber du hast es tatsächlich geschafft, bei deiner ersten Reise in eine der wenigen Welten zu reisen, die dem Strom zwar angeschlossen sind, die aber fortbestehen und ihre eigenen Gesetze haben. Genauso wie das Morgenland."

„Woher weißt du das?", wunderte sich Trixi.

„Ich war schon hier, genau genommen sogar schon recht oft. Nur jetzt schon seit langem nicht mehr. Komm mit, ich erzähle dir, wo wir gelandet sind."

Rosie deutete auf das dorfartige Gebilde.

„Dort müssen wir hin. Das dauert ungefähr eine Stunde."

Die beiden machten sich auf den Weg und Rosie begann zu erzählen: „Es gab mal eine Zeit, in der waren die Götter gänzlich getrennt von den Menschen und obwohl - oder vielleicht weil - sie alles hatten und alles durften, war ihre einzige Beschäftigung, sich gegenseitig und allen anderen Geschöpfen ebenfalls das Leben zu erschweren. Es mit Herausforderungen, Enttäuschungen und Wut zu vergiften und sich wie im Theater anzuschauen, was passierte. Jupiter war der größte darin und einer der wenigen, die es wirklich liebten. Sein Sohn Turius hingegen war ein Fürsprecher des Schönen und Wahrhaftigen. Freundschaft und Gemeinschaft waren die treibenden Kräfte seines Handelns. Und so wurde er zum Problem in dem Moment, in dem er aussprach, was er dachte."

Trixi hatte gespannt zugehört, aber nun legte Rosie eine zu lange Pause ein.

„Und was war das?", fragte sie.

Rosie antwortete nicht. Stattdessen beobachtete sie gespannt das Dorf. Die beiden waren schnelle Wanderer und bereits fast am Fluss angekommen. Rosie kramte in ihrem Rucksack und holte ein Fernglas heraus. Trixi beobachtete sie ganz genau und folgte ihren Blicken, um herauszufinden, was sie so interessierte. Plötzlich hielt Rosie kurz inne und atmete tief, fast seufzend. Sie nahm das Fernglas von den Augen und verstaute es wieder im Rucksack.

„Rosie?"

Trixi begann, sich etwas Sorgen zu machen. Selten hatte sie Rosie so ernsthaft besorgt gesehen. Es war offensichtlich, dass sie all ihre Konzentration brauchte, um mit der scheinbar einfachen Situation klar zu kommen. Trixi ließ nicht locker: „ROSIE, was ist?".

Endlich löste Rosie ihren Blick von dem Geschehen auf dem gegenüberliegenden Hügel und wandte sich wieder Trixi zu.

„Okay, pass mal auf, Trixi. Ich war schon recht oft hier, aber ich war damals jung und damit du dich nicht wunderst, erzähle ich dir auch, dass ich damals sehr verliebt war und dachte, mir könnte alles gelingen. Das ist aber inzwischen über zwanzig Jahre her. Wundere dich einfach nicht, wenn die Begrüßung, naja, herzlich ausfällt."

Dann lief sie weiter in Richtung Dorf. Trixi lief hinterher.

„Was hat er denn nun gesagt?", kam sie auf das eigentliche Thema zurück.

„Wer?", fragte Rosie verwirrt.

Jetzt wurde Trixi etwas mulmig. So zerstreut hatte sie die Frau, die sich langsam zu einem echten Vorbild für sie entwickelte, noch nie gesehen.

„Na dieser Dings, dieser Gott oder der Göttersohn Turius."

„Einen Moment", sagte Rosie und blieb stehen. In ihr tobte ein Kampf. Sie wollte unbedingt ins Dorf, sie wollte unbedingt all die alten Freunde wiedersehen, aber sie wusste nicht, ob sie das in Begleitung von Trixi machen sollte. Sie konnte zurückkehren. Sie hatte den Ort seit dem Tag ihrer ersten Ankunft in ihrem Passanten gespeichert. Sie hatte sogar hier herausgefunden, dass ihr Passant dazu überhaupt in der Lage war. Es waren aber nicht nur schöne Erinnerungen, die in Rosie aufbrandeten. Auch Scham war dabei, das Bewusstsein, etwas nicht zu Ende gebracht zu haben. Außerdem merkte sie natürlich, dass sie Trixi nicht das Maß an Aufmerksamkeit schenken konnte, das nötig gewesen wäre. Sie musste jetzt eine Entscheidung treffen und dann keinerlei Zweifel mehr an dieser Entscheidung zulassen. Sie sah Trixi an und wusste plötzlich, was zu tun war. Auf einmal war glasklar, dass es sich hier nicht um einen Zufall handeln konnte. Sie dachte an den armen Travis, schob die Scham beiseite und nahm ihren Mut zusammen. Die Entscheidung war gefällt. Sie würden die Reise nicht abbrechen. Sie wandte sich wieder Trixi zu. Die sah sofort die Veränderung in ihrer großen Freundin. Alles Zögern war verschwunden und die alte Zielstrebigkeit war zurück. Rosies Augen hatten ihr schelmisches, etwas angriffslustiges Glänzen zurück, dass Trixi so mochte.

„Turius!", sagte Rosie laut und begann wieder zu erzählen, „Turius sprach aus, was er dachte, indem er sagte, dass für den ewigen Frieden zwischen allen Geschöpfen nur ein Recht und eine Pflicht zu beachten sei. Das einzige Recht lautete: ‚Tu, was du willst'. Die einzige Pflicht lautete: ‚Nimm Rücksicht auf deinen Nachbarn'. Turius war von seinen Ideen so überzeugt, dass er ihnen nicht abschwor, selbst als er aus seiner Heimat, dem Pantheon, verstoßen wurde. Diese Zeiten waren übrigens auch jene, in denen Diotima noch unter den Göttern weilte und als eine von ihnen viel Zwietracht säte, indem sie Menschen Liebe gab, nur um sie gefügig zu machen. Damals ließ sie Männer nach ihrer Pfeife tanzen, wie es ihr gefiel."

Trixi war erstaunt.

„Also ist sie tatsächlich real und kein Hologramm."

Rosie hatte kurz vergessen, mit wem sie hier sprach und war auf die Nachfrage nicht gefasst gewesen. Es passte aber sehr zur Situation. Also erklärte sie, so gut sie konnte: „Nein, Diotima ist kein Hologramm. Sie ist allerdings auch kein Gott mehr und sie ist auch kein Mensch. Ich kann dir auch nicht genau sagen, was mit ihr passiert ist. Als die Menschen angefangen haben, den Himmel mit ihren Maschinen zu erobern, da mussten die Götter flüchten und viele flüchteten unter die Erde. Andere lösten sich fast gänzlich auf und existieren quasi nur noch im Strom".

„Wie kann sich denn ein Gott auflösen?", fragte Trixi.

„Naja, er wird sich nicht einfach in Luft auflösen, aber er kann alles verlieren, was ihn zum Gott gemacht hat und danach alles, was ihn zum Lebewesen gemacht hat."

„Und was ist das? Etwa seine Seele?", meinte Trixi.

„Jedes Lebewesen hat eine und deshalb sind in sich auch alle Lebewesen gleich."

Rosie sah, dass Trixi damit etwas überfordert war und kam schnell zum Thema zurück: „Jedenfalls in der Zeit, in der Diotima begann, über die Veränderungen und den Verlust ihrer Macht ihre Seele zu verlieren, in dieser Zeit endete die Herrschaft der Götter. Das Morgenland existierte da schon lange. Die Menschen der Normwelt begannen, sich ihre eigenen Regeln zu schaffen. So auch die Elfen, Zwerge, Waldgeister, Nymphen, Feen und all die anderen Seelen."

„Und wo sind alle hin?"

„Das weiß ich auch nicht genau, aber viele von ihnen gingen zu Turius, der bis dahin alleine in einem dichten Wald nahe eines Flusses, der zwischen zwei Tälern liegt, gewohnt hatte. Im Einklang mit der Natur und in Verbindung mit dem, was alles existieren lässt, mit dem, was wir alten Morgenländler die Weltenseele nennen. In der Weltenseele ist alles auf einmal. Dort findet alles sein Ende und seinen Ursprung. Dort entspringt auch der Strom und von da, das glaube ich, kommen alle Seelen - ob Fee, Oger oder Mensch..."

„Dieses Tal mit dem Fluss ist jetzt nicht hier, oder?", unterbrach Trixi die Erzählung neugierig.

Rosie fuhr mit einem Lächeln auf dem Gesicht fort: „Der Ort wurde bekannt als Sedes Turium, die Heimstadt des Turius und die Welt seiner beiden Regeln. Es kamen immer mehr Feen, Elfen und Menschen. Es gab immer mehr Geschichten über den Ort, der bald überall nur noch TuriSede genannt wurde und der ein Sammelbecken für all die wurde, die sich nicht an die Regeln ihres Clans, ihrer Familie oder der Regierung ihres Landes halten wollten. Alle Aussteiger und Freigeister, alle Freiheitsliebenden sammelten sich hier und bildeten im Einklang mit der Natur und der Weltenseele eine ganz eigene Welt, die dank des göttlichen Funkens, der in ihr wohnt, für uns über den Strom erreichbar ist. Obwohl sie eigentlich Teil der Normwelt ist. Also physisch gesehen, denn ihre einzigartige Existenz wird nicht von allen Normweltlern gleich stark geschätzt".

„Es ist tatsächlich hier, oder?"

Die beiden kamen gerade an eine Brücke. Sie war ganz aus Holz und sah sehr stabil aus. Links und rechts daneben stand jeweils ein Baumstamm, in den ein Gesicht geschnitzt war.

„Unheimlich", befand Trixi, „die Bäume sehen fast wie lebendige Trolle aus."

„Das sind Wurzel-Lümmler", erklärte Rosie, „die halten uns nicht auf, weil sie mich kennen und weil du noch nicht ganz erwachsen bist. In dieser Welt sind die Kinder diejenigen, die den Ton angeben. Nach ihrem Gusto wird hier gelebt. Diese Brücke wird jedes Kind immer passieren dürfen und jedes Kind wird hier immer einen sicheren Hafen finden", stellte Rosie mit fester Stimme und stolzem Tonfall fest.

Sie kamen am anderen Ufer an und Trixi ließ nicht locker.

„Ist das hier TuriSede?", fragte sie etwas nachdrücklicher als zuvor.

Rosie antwortet wieder nicht direkt, stattdessen sagte sie: „Hol dein Fernglas raus".

Trixi tat, wie ihr geheißen und Rosie zeigte auf eine kleine Baumgruppe, die in ähnlicher Art angeordnet war, wie die, in der sie gelandet waren.

„Schau in die Gabelungen und in die Kronen der Bäume."

Trixi setzte das Fernglas an und stellte den Fokus auf die Baumgruppe scharf. Sie hatte ein tolles Fernglas von ihren Eltern zu ihrer Gogyo-Ki bekommen und konnte noch weiter heranzoomen. Als sie sah, was Rosie ihr zeigen wollte, stockte ihr der Atem. Das Fernglas noch an den Augen, schrie sie begeistert: „Häuser! Ich sehe Häuser! In den Bäumen! In den Kronen und den Gabeln sind Häuser in allen Formen und Farben! Wie bauen sie die dort rein?".

„Gar nicht", sagte Rosie und wies auf eine weitere Ansammlung von Bäumen.

Wieder traute Trixi ihren Augen nicht. Es waren kleinere Bäume und winzig kleine Häuser in den Bäumen. Endlich nahm sie das Fernglas von den Augen und starrte Rosie mit einem überwältigend leeren Blick an.

„Nee, oder?", war alles, was sie herausbekam.

„Doch", erwiderte Rosie leicht schmunzelnd, „TuriSede ist das Land, in dem die Häuser auf den Bäumen wachsen. Von frühester Jugend an pflegen hier die Kinder ihre Bäume und damit ihre Häuser und wenn sie erwachsen werden, dann können sie entscheiden, wo ihr Baum stehen soll. Ein, zwei Mal im Leben können diese Bäume ihre Wurzeln neu in den Boden graben."

„Wie kann das sein?", fragte Trixi und sah wieder ungläubig durch ihr Fernglas.

„Ich weiß es auch nicht ganz genau, aber die Wesen hier leben so im Einklang mit sich selbst und ihrer Umgebung und der Weltenseele, dass die Natur hier tatsächlich für fast alles sorgt. Sogar für die Häuser."

Trixi verstaute ihr Fernglas wieder im Rucksack und begann schnellen Schrittes, hin zum Dorf zu marschieren. Da sie voran lief, sah sie nicht, wie sich in Rosies Augen zwei kleine Freudentränen sammelten und erleichternd ihre Wangen herunter liefen. Das Dorf lag noch in einiger Entfernung, da hörten sie schon eine schrille Stimme schreien:

„Rooooosiiieee ist wieder da! Unsere Rooosie!"

Ein kleines Geschöpf kam in atemberaubender Geschwindigkeit auf sie zugerast, sprang fast drei

Meter vor Rosie entfernt in die Luft und flog genau so weit, dass er in ihren Armen landete. Was auch immer es war, es besaß die Gestalt eines Kindes, jedoch mit besonders großen und spitzen Ohren und einem kleinen Geweih in den Haaren. Es knuddelte und kuschelte Rosie so ungestüm, das die anfing, rückwärts zu taumeln und schließlich auf dem Hintern im warmen, weichen Gras landete.

„Jankobol!", versuchte Rosie zu tadeln, aber es war nur ungetrübte Freude in ihrer Stimme zu hören.

Das Ding sprang auf und zischte mit schnellen Schritten zu Trixi, die einen kleinen Sicherheitsabstand genommen hatte. Es ergriff ihre Hand und sagte: „Hallo, ich bin Jankobol, der Waldgeist von TuriSede".

„Einer der Waldgeister", korrigierte Rosie und Trixi schüttelte die kleine Hand, die ihre ergriffen hatte und sagte: „Ich bin Trixi".

Jankobol sagte noch einmal: „Okay, ich bin Jankobol", schaute dabei zu Rosie und korrigierte: „Der wichtigste Waldgeist in TuriSede".

Dann sauste Jankobol in Richtung Dorf und schrie mit seiner lauten, aber piepsigen Stimme: „Rosie ist wieder da, Rosie ist wieder da! Eine alte Rosie ist da und sie hat eine junge Trixi mitgebracht!".

Ein Rumoren und Jubeln entstand im Dorf. Fragend und mit großen Augen sah Trixi Rosie an und die schaute zurück, zuckte mit den Achseln und freute sich sichtlich. Beide lächelten, während sie den kleinen Hügel in Richtung Dorf hinaufgingen. Vor den ersten Gebäuden sammelte sich langsam eine neugierige, bunte Meute von Wesen aller Farben und Formen. Es gab Tiere des Waldes wie in der Normwelt, aber auch verrückte Tiere, so wie die Turehser es waren. Es gab Elfen, Feen, Zwerge, Oger und noch vieles mehr.

Aus der Menge lösten sich zwei Menschen. Ein Mann mit grauen, langen Haaren und einem beeindruckenden, grauen Schnurrbart schritt gemächlich auf die beiden zu. Neben ihm ging eine schöne, etwas jüngere Frau, die an einer Kordel um ihre Hüften einige Beutel mit Kräutern und eine kleine Sichel trug. Ihr rotes Haar lugte frech unter einem Kopftuch hervor, das ebenfalls rot war und weiße Punkte hatte und die Frau von weitem ein klein wenig wie einen Fliegenpilz aussehen ließ. Zunächst näherten sie sich noch mit herrschaftlicher Eleganz, aber als Rosie begann, ihnen auf die gleiche Art entgegen zu stolzieren, lachten alle, rannten los und fielen sich gleichzeitig in die Arme.

Rosie war den Tränen nahe, als sie ergriffen sagte: „Bergamo, Babadoro! Herr und Hexe vom heimlichen Land!".

Wie aus einer Kehle antworteten die beiden: „Rosie Rätsel, das mystische Mirakel des Morgenlandes. Herzlich Willkommen zurück".

Daraufhin kamen all die Gestalten, die am Dorfrand gewartet hatten, auf sie zu und es gab ein
buntes Hallo voller Umarmungen und Herzungen.
Alle wollten sich Trixi zuerst vorstellen und alle
versicherten ihr, dass Freunde von Rosie in
TuriSede immer willkommen seien.

„Hallo, ich bin Modelpfutz und das ist der
hungrige Bodelmutz", stellte gerade ein weiterer
Waldgeist sich und seinen besten Freund vor, als
aus der Ferne eine geradezu donnergleiche Stimme ertönte, die Rosies Namen rief, als wäre es
das stärkste Zauberwort aller Universen.

Alle traten etwas zur Seite. Es bildete sich eine
Gasse, an dessen Ende Rosie stand. Am Dorfrand
erschien eine beeindruckend runde Figur, welcher
mit etwas Abstand zwei schwer atmende, weitere
Menschen folgten. Trixi hörte, wie Rosie leise
seufzend zu sich selbst sagte: „Mein Alfi".

Die Szene kam Trixi so unreal vor und ihr Gehirn war mit der Situation so überfordert, dass es
sich kurz ausklinkte. Sie stand einfach nur reglos
und mit offenem Mund da und betrachtete das
Schauspiel wie das Publikum ein Theaterstück -
hochgespannt in freiwilliger Tatenlosigkeit.

Rosie und der dicke Mann mit dem blonden
Bart, der bis zum Boden reichte, umarmten sich
innig und lange und schienen sich überhaupt nicht
mehr loslassen zu wollen. Daraufhin brach in
dem ganzen Empfangskomitee ein Kuscheln,
Umarmen und Liebkosen aus, das Trixi noch
nicht erlebt hatte. Sie spürte die Hitze wieder in

sich aufsteigen, die sie gespürt hatte, während sie ihren Passanten entschlüsselt hatte. Unwillkürlich musste sie an den erwachsenen Aram denken, den sie in ihrem Traum gesehen hatte - und Diotima, die ihr sagte, das sei nicht Aram. Trixi schüttelte den Gedanken ab und konzentrierte sich wieder auf die Szene, die sich ihr bot. Sie stellte sich in Rosies Blickfeld und Rosie wurde bei Trixis Anblick von ihrer Wolke sieben wieder in die Realität geholt. Sie löste sich aus der Umarmung, wurde aber noch kurz von Alfi zurückgehalten, der ihr etwas ins Ohr flüsterte. Trixi trat näher und lauschte, hörte aber nur noch den letzten Satz: „Wenn ich es dir doch sage, es hat seine Form verändert."

Rosie wandte sich nun wieder ganz Trixi zu und sagte: „Ich werde dir mal alles zeigen". Dann nahm sie ihre Schülerin fest an der Hand und ging weiter in Richtung Dorf. Sie betraten das Dorf durch ein Tor, das von zwei weiteren Wurzel-Lümmlern bewacht wurde. Links und rechts waren Baumhäuser zu sehen und es gab immer wieder kleine, runde Eingänge in unterirdische Tunnel. Aus einigen fiel Licht.

„Wohnt da jemand?", wollte Trixi wissen.

„Na klar. Die Bewohner von TuriSede leben unter, auf und über der Erde, aber alle im Einklang mit ihr."

Sie gingen weiter und es fing herrlich zu duften an.

„Hier riecht es so gut", sagte Trixi, „ich habe

Hunger."

Ihr Blick schweifte nach links. Dort spielten Kinder auf den Dächern von mehreren Häusern Verstecken. Die Hausdächer waren über Brücken miteinander verbunden und boten eine schier unerschöpfliche Menge an Verstecken.

„Was ist das?", wollte Trixi wieder wissen.

„Das ist das Überdachum. Das geht auch noch dort rechts rüber, siehst du? Bis zum Krönum, das ist die Festhalle. Normweltler können in ihr durch die Zeit reisen, aber nur wenige trauen sich."

Rosie war offensichtlich abgelenkt, denn ihr Finger zeigte zwar auf die Dächer rechts von ihnen, aber ihr Blick suchte scheinbar etwas, das tiefer im Dorf versteckt war.

Vor ihnen schwang eine Tür auf und eine Wolke himmlischer Düfte ergoss sich daraus in die warme Sommerluft. An Trixi und Rosie drängten Dorfbewohner vorbei und gingen in die Tür, über der Trixi den Schriftzug *Baumstammlokal* lesen konnte. Auch die beiden Waldgeister kamen an den Gästen vorbei und Trixi hörte, wie Bodermutz gerade zu seinem Freund sagte: „Is' schon richtig, Modelpfutz, aber essen musste." Hinter den beiden kamen Thor Alfson, den Rosie Alfi nannte und offensichtlich von früher kannte und seine Begleiter, Olve und Judka, den Hügel hinauf. Rosie sprach sie an.

„Hallo! Olve und Judka, könntet ihr mit Trixi etwas essen gehen? Vielleicht könnt ihr sie auch ein bisschen herum führen. Zeigt ihr doch noch das Krönum und wenn ihr gegessen habt, vielleicht das Faulenzum", bat sie die beiden freundlich drein schauenden Trolle.

So sehr Trixi sich gewünscht hatte, in ihren Reisen frei zu sein, wurde ihr jetzt doch etwas mulmig zumute, als Rosie sagte: „Pass auf, Trixi, dir kann hier nichts passieren. Geh etwas essen, halte dich an Olve und Judka und ich finde dich in ein paar Stunden wieder".

„Ein paar Stunden?", fragte Trixi, doch da ging Rosie schon. Die schaute nochmal zurück und winkte kurz. Dann verschwand Rosie mit Thor Alfson in einem der unterirdischen Gänge. Händchenhaltend. Trixi fand das nicht nur echt ekelhaft, sondern auch etwas gemein. Dennoch würde sie sich dieses unfassbare Erlebnis nicht davon vermiesen lassen, dass sie es sich irgendwie anders vorgestellt hatte, mit Rosie auf Reisen zu gehen.

Sie sammelte sich und machte zu dem Zweck noch einmal die Atemübung, die ihr so gut tat.

„Ah, der tiefe Seelenzug", sagte Judka anerkennend.

„Du kennst die Übung?", wunderte sich Trixi.

„Selbstverständlich", klärte Judka sie auf, „wir Trolle haben wilde Seelen. Den Atemzug aus der ruhigen Mitte der Seele bringen uns schon unsere Eltern bei."

Dann widmeten sie sich gemeinsam den Gaumenfreuden von TuriSede. Es gab Turiuslocken, die, wie Trixi glaubte, aus Kartoffeln gemacht wurden. Olves Gackerstangen waren superlecker und zum Schluss probierte Trixi noch den benebelten Schweinerücken von Olve. Alles schmeckte so lecker, dass Trixi aus dem Lokal heraus rollte, nachdem sie wirklich überhaupt kein bisschen mehr essen konnte.

Währenddessen zog sich Rosie keinesfalls zurück, um ihr Wiedersehen mit Thor Alfson, dem Anführer der Trolle, zu feiern, sondern weil sie etwas hiergelassen hatte, als sie das letzte Mal hier gewesen war. Da Trolle immer noch sehr gerne unter der Erde lebten, auch wenn einige von ihnen inzwischen Oberflächenbewohner geworden waren, kannte Alfi das unterirdische TuriSede wie seine Westentasche. Es gab einen Gang, der besonders lang war und unter dem Fluss hindurch führte - bis unter eine Lichtung, welche Turiuswinkel genannt wurde. Hier gab es noch weniger Häuser und es kamen meist Eltern und Kinder, um die Landschaft zu genießen, im Fluss zu schwimmen und im geheimen Versteckum oder dem Waldspielplatz zu spielen. Obwohl eigentlich ganz TuriSede wie ein Spielplatz aussah, denn, wie gesagt, dies war eine Welt, in der die Kinder den Ton angaben.

Der besonders lange Gang endete in einer kleinen Höhle, in deren Mitte ein großer Stein lag. Es war nur selten jemand hier. In dieser Höhle hatten Alfi und Rosie vor inzwischen fast dreißig Jahren etwas vor aller Augen versteckt. Thor Alfson blies das Feuer aus, das in der Mitte des Steines in einer kleinen Kuhle brannte. Er stemmte sich mit aller Kraft gegen den Stein, bis der anfing, sich zu bewegen. Mit einem tiefen Grollen aktivierte Thor die letzten Kräfte und schaffte es, den Stein auf die Seite zu rollen. Er war an der Unterseite flach und sah sonst etwas aus wie ein Hut. Abgesehen davon, dass ihm die weißen Adern fehlten, sah er aus wie eine große Kopie von Trixis Passanten.

Darüber war Rosie sich schon bewusst gewesen, als sie Trixis Passanten zum ersten Mal gesehen hatte und ihr war sofort klar gewesen, dass es sich nicht um einen Zufall handeln konnte. Dass Trixi sie aber so schnell auf ihre alten Pfade führen würde, damit hatte Rosie nicht gerechnet. Rosie setzte ihren Rucksack ab, begann Dinge heraus zu kramen und hantierte mit ihrem Passanten, während Thor Alfson erzählte.

„Seit einigen Wochen ist hier irgendwas im Gange. Wir lieben uns ja alle sehr, aber in letzter Zeit wird das Kuschelbedürfnis der TuriSeder selbst mir unheimlich. Es sind auch ganz komische, neue Beziehungen entstanden und Ehen und Partnerschaften, die ich nie für möglich gehalten hätte. Am Anfang war das ja alles ganz toll, aber inzwischen führt diese abhängige, extreme und besitzergreifende Verliebtheit der Turi-Seder untereinander zu immer mehr Unmut, Neid und Missgunst."

„Seit 26 Tagen", kommentierte Rosie, ohne

aufzuschauen.

„Was ist seit 26 Tagen?", erkundigte sich Thor stirnrunzelnd.

„Seit 26 Tagen ist das hier wahrscheinlich so. Vor 26 Tagen hatte Trixi ihre Gogyo-Ki. Du hast gesagt, er hat sich verändert. Woher weißt du das? Er ist doch in dem Stein verborgen."

Verlegen schaute Alfi auf seine Zehenspitzen.

„Naja, ich weiß es nicht so ganz genau - ich habe es geträumt. Aber ich schwöre dir, er hat seine Form verändert und so oder so, er muss jetzt hier weg."

Thor wurde etwas ärgerlich und Rosie war fertig. Sie steckte ihren Passanten in eine Öffnung am Felsen und der sog den Passanten förmlich auf. Er stellte sich von alleine wieder auf seine flachste Seite, dann öffnete sich die Oberseite des Steines wie eine Lotusblüte und darin befand sich ein perfektes, aus Stein geformtes, Bildnis von Diotima.

„Tatsächlich!", sagte Rosie und wollte den Stein an sich nehmen, der einmal wie der Morgenfelsen ausgesehen hatte.

„Das ist das erste Mal, dass ein Original seine Form verändert", sagte Rosie ehrfurchtsvoll und griff nach dem Artefakt. Es gab einen Schlag und Rosie wurde einige Meter durch die Höhle geschleudert. Genau wie Trixi bei ihrer Gogyo-Ki. Rosie stand auf. Ratlos schauten sich Thor Alfson und Rosie an. Sie wussten nicht weiter. So wie vor den vielen Jahren, als sie den Stein versteckt hatten, standen sie in der Höhle und wussten nicht weiter.

Trixi hatte währenddessen die Gesellschaft von Olve und ganz besonders die von Judka genossen. Judka war ein aufgewecktes Trollmädchen, das gerne die Führung übernahm und einen ausgeprägten Sinn für Gerechtigkeit hatte. Schon nach kurzer Zeit hatten sich Trixi und sie super verstanden und inzwischen hatte Olve sich abgesondert, um Fiona, einer Lichtfee, nachzustellen, in die er sich seit einigen Tagen unsterblich verliebt hat.

Die beiden Mädchen befanden sich noch immer auf Entdeckungstour durch TuriSede und nachdem Trixi viele Baumhäuser gesehen und auf einer Unmenge Dächern herumgeklettert war, hatte sie ihre neue Freundin nach den Geheimnissen dieser wundersamen Welt gefragt. Judka hatte umgehend damit begonnen, ihr das unterirdische TuriSede zu zeigen. Mit Trixis Passanten als Taschenlampe waren sie gerade auf dem Weg zum Faulenzum, als er begann, herumzuspinnen. Er leuchtete nicht mehr in die Richtung, in die sie gingen. Er schien seinen eigenen Willen entwickelt zu haben und leuchtete beständig nur in eine Richtung. Die beiden blieben in einer kleinen Höhle, von der Gänge in jede Richtung abgingen, stehen und Trixi machte ihren Passanten einmal aus. Sie wollte ihn gerade wieder auf die Handfläche legen, so dass er wieder anfing zu leuchten, da entfuhr ihm mit einem dunklen Ploppen einer der Lichtbälle, die Trixi sonst mit der linken Hand formen konnte und schwebte einen der Gänge entlang. Die beiden Mädchen schauten sich an und folgten dem Lichtball, ohne zu zögern. Jedes Mal, wenn der Ball verglommen war, schoss aus dem Passanten ein neuer Ball, der die beiden Abenteurerinnen immer weiter und immer tiefer durch das Labyrinth aus Gängen, Höhlen und Abzweigungen führte.

Nach über einer halben Stunde und unzähligen Richtungswechseln schlüpfte der Ball wieder in den Passanten und der Passant erlosch. Am Ende des Ganges schien ein schwacher Lichtschein aus einer kleinen Höhle.

„Das ist das Ende", flüsterte Judka.

„Welches Ende?", wisperte Trixi aufgeregt zurück.

„Das Ende vom unterirdischen TuriSede, wir sind unter dem..."

„Pscht", unterbrach Trixi Judkas Erklärung, „ich höre was."

Tatsächlich, aus der Höhle vor ihnen drangen leise Stimmen.

„Das ist Rosie", flüsterte Trixi und Judka ergänzte: „Und unser Anführer Thor Alfson".

So langsam und so leise sie konnten, schlichen sie näher, bis sie die Unterhaltung verstehen konnten.

„Das kann nicht so bleiben", sagte Thor gerade, „bald wird die ganze Insel im Liebeswahn versinken und wir werden Neid und Missgunst gesät haben, statt Liebe zu ermöglichen."

„Das Artefakt muss weg", stimmte Rosie zu, „aber wie, wenn wir nicht heran kommen?"

Im Flur hörten die beiden Mädchen gespannt zu. Trixi merkte nicht, dass ihr Passant begonnen hatte, ein schwaches, rot pulsierendes Licht abzugeben.

„Da", rief Thor, „da! Da passiert was!"

„Ja", bestätigte Rosie, „das Licht wird langsam rot."

„Nein, es wird weiß", berichtigte Thor, „woher kommt das Licht?"

Die Mädchen erschraken und merkten nun beide, dass das rote Licht aus Trixis Passanten kam. Sie schauten sich an, aber es war schon zu spät. Im gleichen Moment steckten Rosie und Thor Alfson die Köpfe um die Ecke.

Sie kamen aber nicht dazu, etwas zu sagen, denn das Pulsieren hörte auf und Trixis Passant schwebte an den Köpfen der vier Beobachter vorüber in Richtung des Steines, der immer noch wie eine offene Lotusblüte inmitten der Höhle lag und eine unantastbare Ruhe ausstrahlte. Nun begann er ebenfalls zu schweben. Trixis Passant wurde größer, der Stein wurde kleiner, bis sie auf gleicher Größe waren. Dann senkte sich die Lotusblüte und gab den Blick auf das Artefakt frei, das weiterhin in gleicher Höhe schwebte. Trixis Passant öffnete sich auf die gleiche Weise wie der Stein, der sich währenddessen verschloss.

67

Trixi sagte: „Das ist ein Original" und schaute Rosie dabei an, „ich wusste, sie verändern ihre Form, ich wusste es".

„Das ist das erste Mal", erwiderte Rosie, ohne den Blick von dem unglaublichen Schauspiel abzuwenden, das sich ihnen bot.

Rosie konnte es nicht glauben. Trixis Passant nahm das Artefakt in sich auf, schwebte zurück zu Trixi und fing wieder zu leuchten an. Genau so, wie er geleuchtet hatte, bevor der erste Lichtball das Kommando übernommen hatte. Keiner der vier fand die richtigen Worte. Auf einen Schlag fühlten sie sich ausgelaugt und kraftlos.

Sie beeilten sich, zurück an die Oberfläche zu kommen. In ganz TuriSede herrschte eine leichte Katerstimmung, wie nach einem ihrer berühmten Feste, zu denen es meist einen Anlass gab, auch wenn die TuriSeder zum Feiern keinen Anlass brauchten. Der Abschied fiel dementsprechend weniger ausgelassen und aufgedreht aus.

Auf dem Rückweg redeten Trixi und Rosie kaum. Als sie wieder an der Stelle angekommen waren, an der sie Trixis Reisezimmer verlassen hatten, nahm Trixi ihren Passanten, vergrößerte ihn, klopfte zwei Mal mit den Fingerknöcheln dagegen, als wenn sie an eine Tür klopfen würde und schon tauchte die Tür auf. Bevor sie erschöpft hindurch schritten, bat Rosie Trixi noch: „Lass uns bitte morgen darüber reden, bevor du alles mit deinen Eltern besprichst".

„Gerne", kam die müde Antwort und die beiden

ungleichen Reisenden schleppten sich durch die Tür. Trixi schloss sie hinter Rosie und sich und rutschte ihr Zimmer mit einem lang gezogenen *Maaamaaa* wieder in ihr Elternhaus ein.

Kapitel 3

Verlockungen der Normwelt

Trixi wachte auf und öffnete vorsichtig ein Auge. Sie betrachtete ihr Zimmer, als wäre sie in einer fremden Umgebung. Es sah alles wie gestern aus, als sie mit Rosie aus TuriSede zurückgekehrt war. Trixi öffnete auch das zweite Auge, hob die Decke an, schaute darunter und grinste breit - sie war tatsächlich in ihren Klamotten zu Bett gegangen.

Schlaftrunken setzte sie sich auf und reckte sich. Dabei fiel ihr Blick auf das Armband mit ihrem Passanten und geradezu schockartig kehrte die Erinnerung an die schwebende Diotima-Statue zurück. Trixi brachte sofort ihren Passanten auf Normalgröße und untersuchte ihn. Es gab keinerlei Spuren oder Hinweise darauf, dass sich in dem Passanten noch ein weiteres Original verbarg. Trixi begann darüber nachzudenken, wie sie ihren Eltern von der ganzen Sache erzählen würde.

Sie stand auf und merkte dabei, dass ihre Kleidung ihr schmutzig und verschwitzt am Körper klebte. Sie sehnte sich nach einer Dusche. Im Badezimmer zog sie sich aus, steckte sich die

Zahnbürste in den Mund und stellte sich unter die heiße Dusche. Sie liebte es, zu duschen. Seit einiger Zeit fühlte sich das warme Wasser auf der Haut besser an. War es noch vor wenigen Monaten eine mühselige Last gewesen, den eigenen Körper von Dreck zu befreien, war es heute ein himmlisches Vergnügen. Zu spüren, wie das Wasser die Haut benetzte und zuzuschauen, wie es den Körper reinigte, indem es den Schmutz mit sich nahm, war schön und fühlte sich auch toll an.

Während Trixi sich die Zähne putzte, überlegte sie, ob das Artefakt aus TuriSede wohl noch in ihrem Passanten sei oder ob es sich ganz mit ihm verbunden hatte. Obwohl sie sich diese Frage stellte, wusste sie instinktiv, dass die Statue noch da war. Wenn sie sich ihren Passanten vorstellte, dann sah sie immer auch das Artefakt darin, umgeben von einem schwachen, roten Licht. Zufriedenheit und Aufregung vermischten sich in Trixi und wurden zu großer Tatkraft. Während sie sich abtrocknete und zurück in ihr Zimmer ging, verschwand auch das starke Bedürfnis, mit Rosie und ihren Eltern über das Artefakt in ihrem Passanten zu sprechen. Der Doppelstein am Handgelenk gab Trixi ein gutes Gefühl. Sie fühlte sich sehr geehrt, dass die Statue sie ausgewählt hatte. Es gab ihr Selbstvertrauen und niemand hatte Einspruch dagegen erhoben. Für Trixi war die Sache damit erledigt. Zumindest fast erledigt, denn einer Frage musste sie nun auf eigene Faust auf den Grund gehen: Ihrem Traum von der

Gogyo-Ki, vom erwachsenen Aram, der angeblich nicht Aram war.

Rosie hatte natürlich eine ganz andere Wahrnehmung von der Situation. Dass sich das Artefakt, das sie gemeinsam mit Thor versteckt hatte, nun in Trixis Passanten verbarg, gefiel ihr überhaupt nicht. Als Rosie am gestrigen Abend gemerkt hatte, dass Trixi ihr nicht die Treppe hinunter folgte, hatte sie sofort die Gelegenheit genutzt, um alles mit Trixis Eltern zu besprechen und zu überlegen, was nun zu tun sei. Trixi hätte den Mund nicht mehr zubekommen, wenn sie gehört hätte, worüber ihre Eltern und Rosie geredet hatten. Die Lichterts waren damals noch nicht verheiratet gewesen, aber die Geschehnisse, die letztendlich dazu geführt hatten, dass Rosie einen Original-Passanten in einer anderen Welt versteckt hatte, waren auch für den großen Respekt gegenüber allem Magischen verantwortlich, den die Lichterts in sich trugen. Die drei waren darüber übereingekommen, dass sich Trixis Weg schon früh zu einem besonderen entwickelt hatte und sie ihr somit zutrauen konnten, mit der Situation alles in allem verantwortungsvoll umzugehen. Ihnen war natürlich auch klar, dass sie erst mal keine andere Wahl hatten. Jemand musste auf jeden Fall irgendwie mit Travis Kontakt aufnehmen. Sie hatten gegrübelt, wie sie Travis beibringen konnten, was sie getan hatten. Schließlich hatte Rosie gesagt: „Lasst uns erst mal abwarten, ob der Passant Trixi überhaupt zu Travis führt. Vielleicht musste er auch nur wieder zurück nach Hause ins Morgenland". Und Papa Lichtert hatte vorgeschlagen: „Trixi sagen wir nichts weiteres. Ich glaube, es reicht, wenn sie mit der Situation im Hier und Jetzt umgehen muss. Weitere Erklärungen zur Vergangenheit schaden da vielleicht eher". Die beiden Frauen hatten zugestimmt und so hatten die drei sich zu sehr später Stunde getrennt - aber mit einem guten Gefühl und der Hoffnung, dass ein altes Problem, das sie schon nicht mehr für lösbar gehalten hatten, bald zu einem versöhnlichen Abschluss kommen könnte.

Deshalb schliefen Trixis Eltern noch, während Trixi zurück in ihr Zimmer ging, um sich etwas anzuziehen. Sie versuchte, möglichst leise zu sein, denn sie hatte jetzt sogar überhaupt keine Lust mehr, mit ihren Eltern über gestern zu sprechen. Trixi wühlte in ihrem Kleiderschrank. Sie hatte sich in den letzten Wochen fast komplett neu eingekleidet. Ihre Eltern hatten das finanziert, weil sie eingesehen hatten, dass Trixi beim Sicherheitstraining nicht ihre Kleider oder ihre Minnie-Maus-Leggings anziehen konnte. Das hatte verschiedene Gründe. Einmal handelte es sich nicht nur um Unterricht, sondern auch um praktische Übungen, erste Hilfe und Rettungstechniken sowie Selbstverteidigung. Dabei musste man unbedingt passend angezogen sein. Ein Kleid konnte sich in allen möglichen Dingen verfangen und eine Leggins bot nicht genug Schutz.

Trixi wählte eine ihrer neuen, eng anliegenden Jeans in schwarz und einen sportlichen, pinken Pullover. Auf dem Weg nach draußen schlüpfte sie barfuß in ein Paar Sportschuhe. Sie entschied sich für die roten. Als sie sich angezogen hatte, machte sie noch einmal die Tiefe-Seelenzug-Übung und ging dann frühstücken.

Der zweite Grund, dass Trixi neue Kleider gebraucht hatte, war, dass ein nicht unwesentlicher Teil des Trainings in der Normwelt stattfand. Als junges Mädchen wäre sie dort extrem aufgefallen, wenn sie nicht wie die anderen jungen Mädchen ausgesehen hätte.

„Wieso das denn?", hatte Trixi Rosie gefragt und Rosie hatte es ihr zwar sehr gut erklärt, aber so richtig nachvollziehen bzw. nachfühlen konnte Trixi es erst nicht. Rosie hatte gesagt, es handele sich um eine „kulturelle Sache", etwas, das mit Erziehung zu tun hat und mit der Umgebung, in der man lebt.

„Erstmal ist die Normwelt anders und deshalb sind die Menschen, die dort leben, auch etwas anders. Das ist ja auch der Grund, warum wir in der Normwelt trainieren. Du hast dort nicht das Morgenland als Sicherheitsnetz. Im Morgenland kommt fast nie jemand bei einem Unfall zu Tode, weil das Morgenland selbst oft noch eingreifen kann. Das ist in der Normwelt ganz anders. Dort sterben jeden Tag viele Menschen - an Unfällen, an Hunger, an Gewalt und nicht immer ist es die

Schuld der Menschen. Manchmal ist es die Schuld der Umstände, die das Land selbst eben nicht verändern kann. Normweltler müssen alles selber machen, Trixi. Erinnerst du dich an unsere Fahrt auf der Autobahn?"

„Klar", bejahte Trixi. Die Schnelligkeit der Fahrt und die Größe der Straße hatten sie nachhaltig beeindruckt.

„Diese Straße ist nicht einfach entstanden. Sie besteht aus vier Lagen und jede Lage, jeder kleine Kieselstein, jede Schraube in der Leitplanke, jede Notrufsäule wurde von einem Menschen dort eingebaut."

„Okay", sagte Trixi beeindruckt.

„Für jede Notrufsäule wurde ein Loch gegraben, ein Fundament gegossen, ein Kabel verlegt oder Funkempfang eingerichtet. Und natürlich wurde die Notrufsäule vom Ständer über die Stromversorgung bis zu Lautsprecher und Mikrofon vorher gebaut und zusammengesetzt. Und das alles über Hunderte von Kilometern, Tausende Säulen, Millionen Schrauben und unzählige Tonnen Kiesel und Asphalt."

Trixi schwirrte der Kopf.

„Wie geht das?"

Rosies Gesicht klarte sich auf und Trixi wusste, dass sie nun zum Kern ihres Vortrages kommen würde.

„Das geht nur zusammen", sagte Rosie und lächelte, „...und es ist gefährlich!", fügte sie eindringlich hinzu, „deshalb haben Normweltler viele Regeln und einige harte Strafen. Das beruht zum wesentlichen Teil auf der Notwendigkeit zur Zusammenarbeit und zu einem großen Teil auf Angst: Der Angst, einen geliebten Menschen zu verlieren, Angst vor Hunger, Durst, Ausgrenzung."

Rosie hatte die Fotos, die sie Trixi gerade von der Normwelt und von Strom-Orten zeigte, beiseite gelegt und die beiden hatten sich vor ihrem Haus an den Kaffeetisch gesetzt und Tee getrunken. Rosie nahm sehr wohl wahr, wie es in Trixi arbeitete. Sie konnte fast sehen, wie sich Lebensumstände von Menschen der Normwelt in Trixis Bewusstsein entfalteten. Rosie wartete in Ruhe ab, genoss ihren Tee und die Morgenluft, die an diesem Tag eine erfrischende Kälte in sich getragen hatte. Trixi sog die frische Luft ebenfalls tief ein und sagte: „Ich verstehe, was du mir sagen willst und ich glaube, ich beginne den Unterschied zwischen den Welten zu verstehen. Ich verstehe auch, was du meinst, wenn du sagst, das sei eine kulturelle Sache."

Diesmal war es Rosie, die unterbrach: „Und was meine ich damit?"

Trixi überlegte kurz und fasste dann zusammen: „Naja, damit meinst du, dass die Regeln, die in einer Welt wichtig sind, etwas mit den Umständen, die dort herrschen, zu tun haben. Ich merke ja auch, dass es dir wichtig ist, aber ich verstehe immer noch nicht, warum es für mich wichtig ist".

Rosie wandte sich ihrem Garten zu.

„Es gibt unzählige, unglaubliche Welten dort draußen. Fantasiewelten im Strom, permanente Welten wie das Morgenland, Planeten in der Galaxie, die wiederum tausende eigene Welten beherbergen und es gibt schon viele Welten hier in meinem Garten direkt vor unseren Nasen. Sogar in unseren Nasen gibt es zu erforschende Welten. Sie alle sind durch den Strom zu erreichen. Du, Trixi, kannst all diese Welten erreichen. Deshalb ist es unbedingt notwendig, dass du verstehst, dass all diese Lebensräume ihre eigenen, sich verändernden, Umstände entwickeln und die Lebewesen, die sie bewohnen, entwickeln Regeln und Verhalten, um diese Umstände für sich zu nutzen. Egal, wie dumm oder sinnlos ein Verhalten dir vorkommt, sei es in der Normwelt oder in irgendeiner anderen Welt, denke immer daran: Es hat mit Gewissheit einen Sinn, den du nur noch nicht erkennen kannst. Regeln entwickeln sich über die gesamte Existenz einer Gemeinschaft oder einer Gruppe immer weiter und passen sich immer den neuen Umständen an. Und um deine Frage endlich zu beantworten: So hat es sich auch entwickelt, dass Kleidung in der Normwelt nicht mehr vornehmlich dazu dient, dass du dich in ihr wohlfühlst und sie dich schützt. Aufgrund der Umstände, die sich verändert haben, ist Kleidung in der Normwelt ein Mittel zum Kommunizieren geworden. Sie sind so viele und müssen alle zusammen leben. Kleidung ist etwas Soziales geworden, etwas Zwischenmenschliches und damit ordnet man sich einer Gruppe zu. Man zeigt, wer man ist und wenn man möchte, sogar aus welcher Familie jemand kommt, welche politischen Ansichten man hat oder ähnliches. So entstehen weniger Gespräche, die sinnlos sind, weil sie zu keiner Gemeinsamkeit führen."

Trixi fragte sich, warum ein Gespräch, das zu keiner Gemeinsamkeit führt, sinnlos ist. Sie nahm einen Schluck Tee und dachte eine Zeit lang darüber nach. Und als sie weiter versuchte, sich in das arbeitsame Leben eines Normweltlers einzudenken, wurde ihr klar, dass es natürlich ein Problem ist, wenn man einen Maurer sucht und immer nur Elektriker anspricht, weil alle gleich angezogen sind. Da hilft es natürlich, wenn man gleich sieht, wer denn wer ist.

„Wenn man Freunde sucht", sagte Trixi zu sich selbst, „und sofort an der Kleidung erkennt, ob das Gegenüber die gleiche Musik hört wie man selbst, erleichtert das die Sache schon."

Zufrieden nahm sie sich einen der leckeren Kekse, die Rosie bei solchen Gesprächen immer bereitstellte. Die Frage hatte sich für Trixi nun erst mal erledigt.

„Wie viele Morgenländler gibt es ungefähr?", band Rosie ihre Schülerin nun in den Vortrag ein.

Trixi überlegte kurz und sagte dann: „Ich glaube, es waren 12.000".

„Genau, Trixi", stimmte Rosie zu, „das sind ungefähr so viele Menschen, wie in einer kleinen Stadt in der Normwelt leben. In jedem Land gibt es sehr viele davon. Zusätzlich gibt es in jedem Land große Städte und in manchen Ländern gibt es Städte, in denen wohnen so viele Menschen, wie in kleinen Ländern insgesamt. Es gibt Städte, die sind hundert Mal so groß wie das ganze Morgenland und dann gibt es verschiedenen Kontinente, in denen viele unterschiedliche Länder sind. In der Normwelt leben unvorstellbar viele Menschen zusammen. Inzwischen sind es so viele, dass es keine Gebiete mehr gibt, in denen man keine Menschen trifft. In unserer Zeit entwickelt sich in der Normwelt zum ersten Mal eine Gemeinschaft, zu der wirklich alle gehören, eine Gemeinschaft mit allen Menschen des Planeten. Das ist dort etwas ganz Neues. Wir kennen das ja gar nicht anders. Bei uns gehören immer alle dazu und alle wissen etwa, Trixi mag Kleider, weil dich alle kennen."

Trixi hatte darauf verzichtet, Einspruch zu erheben. Sie hatte während des Trainings ein starkes Interesse für die Mode und die Trends der Normwelt entwickelt und konnte nicht mehr so richtig verstehen, dass ihr die Minnie-Maus-Leggings mal so unglaublich gut gefallen hatten.

In den Gesprächen, die sie in der Normwelt mit Gleichaltrigen geführt hatte, hatte Trixi herausgefunden, dass sie wohl recht hübsch ist und war erstaunt gewesen, welche Rolle das spielte. Jedenfalls stand sie bereits ziemlich auf die Klamotten, die Musik und den Lebensstil der Jugendlichen in der Normwelt. Insgesamt hatte sich ihre Skepsis gegenüber der Normwelt in ein wohlwollendes Interesse gewandelt. Das lag auch an den unglaublichen Leistungen der Normweltler, die ihr einen gewissen Respekt abrangen.

Nachdem Rosie sie über die Komplexität des Lebens in der Normwelt aufgeklärt hatte, war Trixi zunehmend fasziniert von den Errungenschaften der Menschen auf dem Planeten Erde und fragte deshalb zu einer anderen Gelegenheit, woher die Menschen alle wussten, wie man das alles baut, verarbeitet und herstellt. Rosie war erfreut gewesen und hatte Trixi gleich mit einer neuen Aufgabe betraut. Sie machte ihre Schülerin mit dem Internet, Bibliotheken und Museen bekannt - den Orten, an denen der größte Teil des Wissens der Menschen gespeichert wurde. Sie versprach Trixi außerdem zwei freie Tage, um mit Hilfe dieser Einrichtung etwas über ihren zweiten Namen *Seelenblüte* herauszufinden.

Gestern hatte Trixi ihre erste Reise gemacht und heute würde sie mit den Nachforschungen zu ihrem zweiten Namen beginnen. Während ihrer ersten Reise hatte es genug Verhalten gegeben, dessen Grund sie nicht hatte erkennen können und der ihr sinnlos und albern vorgekommen war. Gegen das, was sie in TuriSede erlebt hatte, erschien ihr ein Ausflug in die Normwelt wie ein Spaziergang im eigenen Vorgarten.

In Windeseile würgte sie die Reste ihres Müslis herunter, schrieb einen Zettel für ihre Eltern und Rosie und verschwand leise aus dem Haus in die wohlige Wärme der beiden Vormittagssonnen. Sie schnappte sich ihr Longboard aus der Garage, setzte sich ihre Kopfhörer auf und düste ab in Richtung Aram.

Man durfte nicht allein in die Normwelt und Trixi würde heute Aram mitnehmen und so gleich zwei Rätsel lösen. Einmal jenes um ihren zweiten Namen und außerdem das um ihren Traum von ihrem besten Freund als Erwachsenem.

Nach einem schnellen Ritt auf ihrem Longboard kam sie durchgeschwitzt und in bester Laune bei Arams Haus an. Das Morgenland hatte natürlich dafür gesorgt, dass es die ganze Zeit bergab ging. Motoren brauchten hier nur Autos und Laster. Trixi kickte die Spitze des Boards, fing es mit der freien Hand und trug es den kurzen Weg zur Tür des Hauses. Sie klingelte, damit alle wussten, dass jemand rein kam und betrat dann das Haus. Sie begann, nach Aram zu suchen. Die Zimmer, die Travis benutzte, mied sie meist. Sie hatte zwar keine Angst vor ihm, auch als Kind hatte sie den Geschichten über Arams Vater nie geglaubt, aber trotzdem war Travis ein eher unangenehmer Gesprächspartner. Die Kinder erzählten sich immer noch eine Gruselgeschichte, in der Travis als Vampir kleinen Morgenländlern ihre Lebenskraft aussaugte.

Trixi wusste, dass Travis kein Vampir war und sie war sich auch sicher, dass er ein ganz netter Mensch sein konnte, aber Travis war immer müde und kraftlos. Er wirkte permanent genervt und hatte ständig einen Gesichtsausdruck, der vermuten ließ, dass er unter Schmerzen litt. Das führte dazu, dass er von den Morgenländlern gemieden wurde. Er selbst verstärkte seine Einsamkeit noch, indem er nie irgendwo auftauchte, zu keinem der Feste oder Rituale kam und auch sonst keinerlei Anstalten machte, sich in die Morgenländler Gesellschaft einzugliedern. Trixi hatte ihre Eltern mal dazu befragt und selbst die hatten sehr zurückhaltend reagiert und ganz untypisch darauf hingewirkt, dass sich Trixi nicht weiter mit dem Papa ihres besten Freundes beschäftigen muss. Travis war für einen Morgenländler zu unglücklich, um dazuzugehören. Als Trixi durch das dunkle Haus ging und so darüber nachdachte, musste sie auch wieder an Rosie denken. Sie fragte sich, ob die Morgenländler Gemeinschaft tatsächlich Menschen ausschloss, die nicht glücklich genug darüber waren, hier leben zu dürfen.

Es war offensichtlich niemand zuhause. Trixi verließ das Haus wieder und schloss die Tür beim

Gehen. Sie hatte sie natürlich offen gelassen, damit jeder wusste, dass in diesem Haus gerade jemand ist. Alles andere wäre schließlich sehr unhöflich gewesen und beim Betreten des Hauses hätte sich der Eigentümer möglicherweise erschreckt. Als sie unentschlossen vor Arams Haus stand, fiel ihr plötzlich ein, dass es vormittags war. Sie hatte sich gewundert, warum sie auf dem Weg niemanden getroffen hatte.

Sie strich mit dem rechten Daumen aufwärts über eine der weißen Adern ihres Passanten, stoppte am oberen Ende und machte mit dem Daumen eine viertel Drehung auf dem Stein, als würde sie eine unsichtbare Schraube ein kleines Stück in den Stein schrauben. Neben dem Passanten, der noch am Armband hing, erschien eine grüne Schrift in der Luft. Sie informierte Trixi über die Uhrzeit und den Tag. Es war 11:30 Uhr am Mittwoch, den 18. September. Alle waren arbeiten oder in der Schule.

Trixi fuhr also zu der Schule für die Großen. Es gab nur zwei, eine für die Kleinen und eine für die Großen. Sie wartete kurz vor der Schule und fuhr dann wieder ein Stück den Weg in Richtung Arams Haus zurück. Sie hatte keine Lust, viele Leute zu treffen und sich ewig unterhalten zu müssen, denn sie wollte los. Der Tatendrang, der sie unter der Dusche erfasst hatte, setzte sie unter Spannung. Sie musste sich glücklicherweise nicht lange in Geduld üben.

Mit gesenktem Kopf schlurfte Aram durch die Mittagssonne auf sie zu. Er kam immer näher, ohne den Kopf zu heben. Trixi grinste, wegen der typischen Abwesenheit ihres Freundes. Dann schlurfte Aram an ihr vorbei, ohne Notiz von ihr zu nehmen oder sie zu erkennen. Trixi war erstaunt.

„Hey, Aram!", rief sie.

Aram drehte sich um, blinzelte in die Sonne und fragte zögernd: „Jaaa?".

Trixi wurde endlich klar, dass er sie nicht erkannt hatte. Sie ging an ihm vorbei, so dass er nicht mehr geblendet wurde, breitete die Arme aus und sagte: „Tadaaaa, ich bin's, Trixi! Trixi aus dem Morgenland!".

Aram riss die Augen auf und freute sich sichtlich über das Wiedersehen.

„Wie siehst du denn aus?", fragte er.

Trixi war etwas enttäuscht über diese Reaktion auf ihre neue Kleidung. Als Aram mit weiterhin freudig überraschter Miene auf sie zu kam und sie umarmte, war sie wiedermal sehr glücklich, dass sie nicht in der Normwelt lebte, wo Kleidung so viel zählte und nahm sich fest vor, die Fehler der Normweltler nicht nachzumachen.

Trixi und Aram schlenderten zu einem der Supermärkte, besorgten sich ein Eis und erzählten sich gegenseitig, was alles passiert war. Natürlich sprach Trixi etwas mehr, denn sie hatte ja auch etwas mehr erlebt. Diesmal ließ sie kein Detail aus und es wunderte sie nicht, dass Aram viele

Fragen hatte, von denen sie kaum eine beantworten konnte. Sie erzählte ihm, dass sie hoffte, einige Antworten im Wissensschatz der Normweltler zu finden.

„Du meinst Internet und Bibliotheken?", fragte Aram.

„Ja!", wunderte sich Trixi, „woher weißt du das?"

„Ich habe schon viel gelesen und über viele Welten recherchiert. Wegen Mama, du weißt doch."

Trixi nahm ihren Freund in den Arm und drückte ihn kurz.

„Hast du Lust, heute mit mir trotzdem ein bisschen in der Normwelt zu forschen?"

„Hört sich super an", freute sich Aram.

„Hast du inzwischen einen Termin für dein Gogyo?", fragte Trixi, um das Thema von ihren Abenteuern auf sein Leben zu lenken.

„Nein, aber inzwischen glaube ich auch, je mehr ich warte, desto langsamer geht‘s."

„Alles klar", sagte Trixi und stand auf, „heute bekommen wir dich garantiert abgelenkt. Hüpf drauf."

Mit diesen Worten stellte sie sich vorne auf ihr Longboard. Aram lächelte nur und löste von der linken Seite seines Rucksacks eine kleine Platte. Er zog die beiden Seiten heraus und die Platte erhielt die Form eines Longboards. Er griff auf die rechte Seite seines Rucksacks, zog zwei Achsen mit Rädern aus dafür vorgesehenen Vertiefungen und klickte sie in Schienen am Anfang und Ende des Boards. Dann sprang er auf, sauste in Richtung Normtor an der staunenden Trixi vorbei und rief, während er kurz zurück blickte: „Trixinessss".

Trixi verstand die Aufforderung natürlich sofort und gab Vollgas. Bis zum Tor holte sie ihn aber nicht mehr ein. Er war offensichtlich ziemlich gut geworden in den letzten Wochen.

Sie kamen am Normtor an. Aram bremste und stieg von seinem Board. Dann kickte er es hoch und lehnte sich dagegen, genauso wie Trixi es immer machte. Er lächelte sein kleines Lächeln, das man erst zu deuten wusste, wenn man ihn gut kannte. Er ließ Trixi damit wissen, wie sehr er sich freute, sie nicht nur überrascht, sondern sogar geschlagen zu haben.

Trixi konnte sich noch gut daran erinnern, wie sie zum ersten Mal durch das Normtor gegangen war. Sie hatte gedacht, es müsste riesig sein und mit einem allmächtigen Energieschild umgeben. Bewacht von Ogern, Feen und Soldaten. Das Gegenteil war der Fall. Beim Normtor handelte es sich um ein Plastikrohr, das unter der Erde verlegt war. Wie ein Abwasserkanal oder die unterirdische Führung eines Flusses. Das Rohr schaute einige Zentimeter aus dem Abhang. Eine halbrunde Mauer aus roten Ziegeln verhinderte, dass der Abhang einstürzte und das Rohr unter sich begrub. Und das war es auch schon.

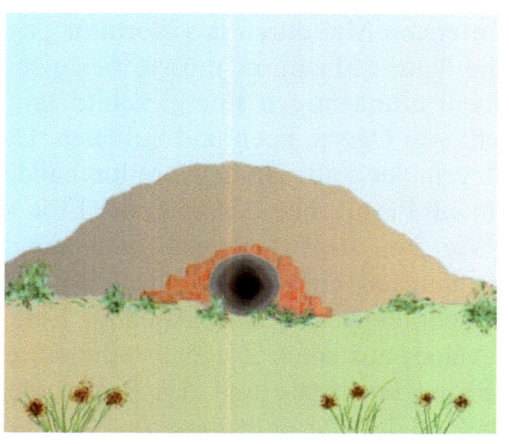

Man konnte einige Dutzend Meter durch das Rohr klettern und kam auf der anderen Seite an einem ganz ähnlichen Abhang mit einer fast identischen Mauer wieder heraus. Die einzige Verbindung zum Rest der Normwelt war eine Landstraße. Die führte zu einer kleinen Stadt und von dort aus konnte man dann über das komplizierte Netz von Straßen, Gleisen und Wasserwegen jeden Platz auf dem Planeten Erde erreichen. Es dauerte nur ewig lange und kaum ein Morgenländler hatte je Interesse daran gehabt, die beschwerlichen Reisen in der Normwelt weiter zu gestalten als unbedingt notwendig.

Aram kletterte den Abhang hinauf, setzte seinen Rucksack ab, stellte ihn vor sich hin und setzte sich auf sein Longboard. Dann begann er in seinem Rucksack zu kramen. Trixi setzte sich daneben und beobachtete ihn.

„Was suchst du?", fragte sie.

„Warte einen Moment, ich zeig's dir."

Er kramte einen kleinen, silbernen Kasten hervor, der aus dem gleichen Material gemacht war wie sein ausziehbares Board. Er stand auf, drehte sein Board um und befestigte den Kasten darunter. Dann öffnete er den Deckel des Kastens, entnahm ihm zwei Zahnräder und klickte sie mittig an den Achsen fest. Er zog zwei kleine Ketten aus den Seiten der Vorrichtung, führte sie um die Zahnräder und zurück in die Apparatur. Dann legte er einen kleinen Hebel im Kasten um und ein kleines, rotes Lämpchen wurde grün. Er verschloss den Kasten und drehte sein Board um. Nun schaute er triumphierend Trixi an. Die schaute erstaunt und anerkennend zurück.

„Wow!", sagte sie, „warum ist da noch keiner vor dir drauf gekommen?"

„Weil niemand so viel in der Normwelt unterwegs ist wie ich, der nicht Auto fahren darf."

„Du bist viel hier?", wunderte sich Trixi.

„Ja. Ist kein Verbrechen. Deine Eltern haben dir die Normwelt schon immer verboten. Meinen Vater interessiert es einfach nicht und ich muss Antworten selber finden, wenn mir meine Fragen niemand beantwortet."

„Das heißt, du suchst auch in der Normwelt nach deiner Mutter?"

Trixi war baff und Aram lächelte müde.

„Schon seit Jahren. Was hast du denn gedacht, was ich gemacht habe, wenn du für deine Geländejagden trainiert hast?"

Trixi war wie vor den Kopf gestoßen, denn sie wusste darauf keine Antwort. Sie hatte sich darüber nie wirklich Gedanken gemacht. Deshalb antwortete sie auf den Vorwurf, der in der Frage steckte und sagte: „Aram, es tut mir leid, ich habe dich in den letzten Jahren vielleicht etwas unterschätzt".

„Ich habe nur einen Motor, aber ich kann dich ziehen", bot Aram an, stieg auf sein Board und reichte Trixi die Hand.

Auf dem Weg erzählte Aram von den Museen, die er kannte und Trixi überlegte anhand der Infos, wo sie anfangen sollte, zu suchen. Als sie in dem kleinen Städtchen angekommen waren, wussten sie noch nicht, wohin es gehen sollte.

„Was suchst *du* denn überhaupt? Was sollst du herausfinden?", fragte Aram deshalb.

Daraufhin lud Trixi ihren Freund auf ein Eis ein und erzählte ihm die lange Geschichte ihrer ersten Reise und ließ auch nichts von dem aus, was davor passiert war.

Ganz frei erzählte sie auch von ihrem Traum und als sie geendet hatte, fühlte sie sich unglaublich erleichtert und sehr wohl. Nun war endlich mal wieder Aram mit dem Staunen dran. Er hatte in den letzten Jahren ein zweites Zuhause in der Normwelt gefunden und sich so an ein etwas beschwerliches, aber sehr freies und unbeobachtetes Leben gewöhnt. Nun begann er zu begreifen, wie beschwerlich auch das Leben im Morgenland sein konnte.

Eine Zeit lang saßen die beiden schweigend nebeneinander und dachten nach.

„Am besten ist es doch eigentlich, alles über die Seele herauszufinden", überlegte Trixi laut, „vielleicht ist das einfacher als nur herauszufinden, wie das mit der Blüte ist."

Aram schmunzelte.

„Um alles über die Seele herauszufinden, haben wir ein bisschen wenig Zeit. Weißt du, wie viele Bücher wir dann lesen müssten? Das geht nicht", beschloss Aram und fügte hinzu: „Ein Philosoph hat mal gesagt, die Tiefe der Seele ist unergründlich... und das hieße dann wohl, dass alles darüber herauszufinden nicht möglich ist."

„Wer hat das gesagt?", wollte Trixi voller Neugierde wissen.

„Ich weiß es nicht mehr genau", gab Aram zu, „aber es war ein Philosoph, ein Denker."

„Wo hast du ihn denn getroffen?", forschte Trixi nach.

Wieder musste Aram schmunzeln.

„Das war ein Philosoph, der schon seit vielen Jahren tot ist."

Trixi runzelte die Stirn.

„Und mit wem hast du über ihn gesprochen? Lass dir doch nicht jedes bisschen Information aus der Nase ziehen."

Aram holte tief Luft. Er wollte etwas Zeit gewinnen, denn er wusste nicht genau, wo er anfangen sollte.

„Naja, natürlich hab ich ihn überhaupt nicht gesehen. Ich habe über ihn gelesen. Im Internet, glaube ich und ich fand sehr interessant, was er über die Seele gesagt hat und über die Liebe. Der war aber genau wie viele andere dieser Denker schon lange tot. Also ich meine, so richtig lange."

„Wo ist das Internet?", wollte Trixi wissen.

Wieder musste Aram kurz überlegen, wo er anfangen sollte. Der Umgang mit den Einrichtungen der Normwelt war ihm schon so vertraut, dass ihm Trixis Fragen ein klein wenig doof vorkamen. Aber das sagte er natürlich nicht, denn er wollte Trixi nicht verletzen und er wusste ganz genau, wie es ist, sich in etwas zurechtfinden zu müssen, was man nicht kennt. Schließlich hatte er fast alle seine Erfahrungen in der Normwelt alleine gesammelt. Das war zwar schon verboten, aber nach einigen gemeinsamen Ausflügen hatte sein Papa es ihm dennoch erlaubt. Travis hatte die Faszination seines Sohnes für die Normwelt sehr gut verstehen können, hatte ihm alles erklärt, was er wissen musste und seinem Sohn dann vertraut. Der alleinerziehende Papa hatte recht behalten und Aram hatte viel Wissen und Selbstbewusstsein aus seinen Ausflügen gezogen, auch wenn er es niemandem verraten durfte.

„Das Internet ist überall verteilt. Es ist elektronisch und besteht aus Informationen, die sich auch zu Bildern und Tönen zusammenfassen."

„Hört sich an wie der Strom!", warf Trixi ein.

„Man kann sich aber nicht wirklich darin umschauen, sondern es zeigt alle Sachen auf einem Bildschirm", erklärte Aram, „man braucht ein Gerät, um sich darin umzuschauen und das Gerät zeigt dann auf seinem Bildschirm das an, wonach man gesucht hat. Man muss ein Suchwort haben. Da kann man aber alles nehmen."

„Und woher bekommen wir ein Internetgerät?" Trixi wollte schon losgehen, setzte sich dann aber wieder und überlegte.

Aram wartete ab. Er kannte seine beste Freundin und war schon auf den Einfall gespannt, den er gleich präsentiert bekommen würde. Sie schaute ihm tief in die Augen und hob dann gleichzeitig die Augenbrauen und ihr Armband hoch. Aram erkannte sofort den daran baumelnden Passanten. Nichts anderes hatte Trixi erwartet. Aram erwiderte den Blick und zuckte mit den Achseln.

„Ist bestimmt ein Versuch wert, aber doch nicht hier", meinte er.

Trixi schaute sich um. In der letzten halben Stunde hatte sich die Fußgängerzone mit Normweltlern gefüllt.

„Du hast recht. Kennst du einen Platz, wo wir das mal ausprobieren können?"

Aram kannte viele Orte, aber einige waren ihm so heilig geworden, dass er im Moment selbst Trixi nicht dorthin führen wollte. Die Auswahl war aber groß und das Gebiet um die Kleinstadt am Normtor kannte er inzwischen wirklich gut.

„Ich habe eine Idee. Es gibt nicht weit von hier eine Stelle, die fast wie der Sprungfelsen ist. Man sieht jedenfalls immer, ob jemand kommt und ist an einer erhöhten Position, die von unten nicht einsehbar ist."

„Perfekt", entschied Trixi und die beiden gingen los.

Nach einer halben Stunde ließen sie die Stadt hinter sich und liefen auf einen kleinen Berg zu.

„Wir müssen da rauf. Aber der Wanderweg führt auf der anderen Seite nach oben. Ich schlage vor, wir klettern."

Trixi nickte und meinte: „Guter Vorschlag".

94

Eine gute Stunde später hingen Trixi und Aram in einer sehr anspruchsvollen Kletterwand und hatten einen Riesenspaß. Sie musste wirklich alles geben und die Angst, herunter zu fallen, ohne dass das Morgenland einen See entstehen lässt oder wenigstens Heu unterlegt, machte die Kletterpartie sehr, sehr spannend. Oben angekommen klatschten die beiden ab. Aram war dank Trixis Unterricht ebenfalls ein großartiger Kletterer. Beide wussten, was sie eben geleistet hatten und schnauften ganz ordentlich. Sie waren erst mal platt. Aram signalisierte Trixi, sie möge mitkommen und sie folgte ihm zu einer kleinen Bank, deren Position auf dem Hügel sie tatsächlich etwas an den Sprungfelsen im Morgenland erinnerte. Abgesehen davon, das hinter ihnen noch ein ca. 10 Meter hoher Turm in die Luft ragte.

Nachdem sie kurz verschnauft und etwas getrunken hatten, brachte Trixi ihren Passanten auf Normalgröße und ließ ihn die Zeit anzeigen. Die Schrift erschien wie immer neben dem Passanten in der Luft.

„Cool!", sagte Aram anerkennend.

Trixi freute sich und fragte: „Meinst du, so könnte es auch klappen, das Internet anzuzeigen? Ganz ohne Bildschirm?".

„Auf jeden Fall", bestätigte Aram, „gut, dass wir das nicht in der Fußgängerzone ausprobiert haben. Die Menschen versuchen seit Jahren, so etwas zu erfinden. Hätte das jemand gesehen, hätte das ein riesiges Aufsehen erregt. Darf ich mal?"

Aram hielt Trixi die Hand hin und mit den Worten: „Klar, du schon", reichte sie ihm ihren Passanten und gab ihn damit zum zweiten Mal aus der Hand. Nur ihr Papa hatte ihn außer ihr bisher berührt. Bei diesem Frühstück, das nur einige Wochen her war, sich aber anfühlte, wie aus einem anderen Leben.

Ehrfurchtsvoll drehte Aram Trixis Original in der Hand.

„Und da ist ein Original in der Form von Diotima drin?"

Trixi nickte nur.

„Ich glaube, ich habe von Diotima auch schon etwas gelesen. Die Normweltler haben viel Wissen, aber sie benutzen nur sehr wenig davon und bringen ihren Kindern auch komische Dinge bei."

„Das ist eine kulturelle Sache", murmelte Trixi.

Aram schaute sie verständnislos an.

„Später", beantwortete Trixi den fragenden Blick, „über Diotima will ich auch alles wissen", forderte sie und lenkte die Aufmerksamkeit ihres besten Freundes wieder auf den Passanten.

„Mach nochmal die Uhr auf."

Trixi machte die Geste auf dem Stein und die Schrift erschien.

„Die Internetgeräte funktionieren immer so", sagte Aram und wischte mit seinem Zeigefinger über die Schrift, als würde er ein Sandkorn von seiner Hose wischen. Als er von links nach rechts über die Schrift wischte, erschien daneben eine ganze Liste von Wörtern. Trixi musste sich extrem zurück halten, um Aram ihren Passanten nicht aus der Hand zu reißen. Aram las die Worte durch und wischte dann mit dem Finger von unten nach oben. Die Liste wurde nach oben geschoben und es gab noch viel mehr Einträge. Trixi war so gespannt, dass sie mit dem Kopf gegen Aram stieß, weil das Bild neben dem Passanten so klein war. Trixi machte auf der Schrift die gleiche Handbewegung, die sie zum Vergrößern ihres Steines machte und schon wurde die Schrift größer und schwebte nun vor ihnen. Es wurden nun auch Bilder angezeigt. Alles ließ sich dennoch auf die gleiche Weise hin und her schieben. Aram kam bei S wie Suchen an, tippte darauf und ein Feld sowie eine Tastatur erschienen. Aram tippte ein: *Die Tiefe der Seele ist unergründlich.* Unter dem Feld erschienen Einträge, auf die Aram wiederum klicken konnte. Einer der ersten lautete: *Heraklit.* Er las die ersten zehn Einträge und schob die Liste zurück nach oben. Er tippte auf Heraklit. Das angezeigte Bild veränderte sich und neben einigen Abbildungen von

Vasen und einer Weltkarte, auf der Griechenland eingekreist war, stand eine Menge Text.

„Vor 2579 Jahren ist er gestorben", murmelte Aram.

„Wer?"

„Heraklit, das war einer von vielen Denkern einer Zeit, in der die Menschen der Normwelt sich schon einmal mit großer Erkenntnis und frei von Hass mit der Liebe und der Seele beschäftigten. Noch heute sind viele der Gedankengänge der griechischen Philosophen für die Menschen der Normwelt wichtig und richtig. Sie haben den Kontakt zu ihren Seelen nicht verloren - nur fast keiner von ihnen weiß das. Das glaube jedenfalls ich."

Er bewegte das Bild, das der Passant erzeugte, mit den Fingern hin und her.

„Irgendwo konnte man sich auch Sachen vorlesen lassen", sagte er mehr zu sich selbst, „da!"

Er klickte auf das Symbol eines kleinen Lautsprechers und tatsächlich gab Trixis Passant ein leises Knacken und dann ein kurzes Piepen von sich und schon hörte man eine Frau einen Text vorlesen.

„Die Philosophen des antiken Griechenlands waren nicht nur Vordenker ihrer Zeit. Noch heute genießen ihre Ideen größte Beliebtheit", las die Stimme, „der moderne Begriff der Liebe, wie er in den Kulturen des modernen Westeuropa verwendet wird, wurde damals bereits in drei Begriffe unterteilt, auf denen das Denkmodell der antiken Philosophen beruht. Unter *Philia* verstand man eine freundschaftliche Zuneigung, die aber genauso der universalen Liebe entsprang wie die anderen Formen der Liebe. Bei *Agape* handelte es sich um eine Liebe, durch die man dem Gegenüber zwar mit großem Wohlwollen, Nachsicht und Empathie begegnet. Das brennende Begehren jedoch, also der *Eros*, der die erotische Liebe ausmacht, spielt in Agape keine Rolle. Es existierte auch die Überzeugung, dass die verschiedenen Zustände der Liebe aufeinanderfolgen und dass für eine gesunde Entwicklung der Seele alle Formen der Liebe benötigt werden. Das beschreibt Platon in seinem Dialog „Symposion" in Form des Gleichnisses von Diotimas Leiter."

Trixi wurde bei dem letzten Satz hellhörig. Alles schien irgendwie mit Diotima zusammenzuhängen. Unvermittelt fiel ihr ihre Gogyo-Ki-Aufgabe ein.

„Schaffe Leben aus dem Stein, du sollst meine Blüte sein. Wasche mich von Schleier rein, meine Seele zu befreien... hm, das hängt doch alles irgendwie zusammen", überlegte sie laut und schließlich maulte sie Aram an: „Ich kann das so nicht!"

Sie verkleinerte das Internetbild und schob es mit der Wisch-Geste wieder in den Passanten, den sie nicht hatte vergrößern müssen, um das Internet aufzurufen.

„So funktioniert das aber in der Normwelt", hielt Aram dagegen, „und das ist schon eine große Verbesserung. Nicht lange her, da hätten wir in eine Bibliothek fahren müssen und dort das richtige Buch und die richtige Stelle suchen und dann hätte nur die Hälfte von dem drin gestanden, was wir jetzt in kürzester Zeit erfahren haben."

„Erfahren!"

Verächtlich schüttelte Trixi den Kopf und sprach weiter: „Das ist doch kein Erfahren! Man kann nichts anfassen, nichts entdecken". Sie ließ den Kopf hängen und fügte hinzu: „Wie soll ich so jemals herausfinden, was mein zweiter Name bedeutet? Sich verändern ist ja irgendwie auch schön, aber es ist auch so anstrengend. Ich bin mir einfach oft nicht sicher, was richtig ist. Ich habe im Moment sogar manchmal das Gefühl, dass ich überhaupt nicht mehr genau weiß, wer ich bin".

Bedrücktes Schweigen folgte. Doch plötzlich erwachte Trixi wieder zum Leben: „Ich bin jedenfalls niemand, der so leicht aufgibt", sagte sie und ergänzte: „Trixiness".

Sie öffnete wieder das Internet mit Hilfe ihres Passanten. Sie ging zur Suche und tippte ein: *Erlebnis, Welt, Philosophie*. Sie tippte auf den ersten Eintrag und auf dem Bildschirm, in großen Buchstaben, stellte jemand endlich die richtigen Fragen.

„Wer bin ich? Was ist Liebe? Was ist die Seele? Was ist Glück? Was ist der Sinn?", las Trixi laut vor, „da muss ich hin!", entschied sie direkt darauf, „wo ist das?"

Aram begann wieder, die Seite umher zu schieben, klickte auf Bilder und Worte und wie in einem Buch öffnete sich Seite um Seite. Das Internet kam Trixi ein bisschen wie ein elektronisches Buch mit unendlich vielen Seiten vor. Manchmal merkte man allerdings nicht, dass man schon ein ganz anderes Buch las und das jemand ganz anderes geschrieben hatte. Trixi übte sich in Geduld, während Aram nach einem Ort suchte, der zu dieser Seite des Internets gehörte.

„Da", sagte er, klickte auf das Wort *Anfahrt* und dann auf eine kleine Karte. Die Karte vergrößerte sich und zeigte einen Ausschnitt der Umgebung.

„Okay", bemerkte Trixi, „aber wo sind wir?"

Aram machte mit der Verkleinerungsgeste, die auch bei Trixis Passanten funktionierte, die Karte kleiner, so dass man mehr von der Umgebung sah. Mit der Vergrößerungsgeste zoomte er auf das Wort *Hochkirch* und schob die Karte dann nach unten, bis ein großer, dunkelgrüner Fleck zu sehen war, auf dem *Czorneboh* stand.

„Hier sind wir, in dem kleinen Waldstück", dabei deutete er auf den grünen Fleck, „es geht zu dem Ort tatsächlich nur noch bergab und wir können es heute noch schaffen."

Aram schaute Trixi herausfordernd an.

„Wo fahren wir hin?", fragte sie ihren neuen Reiseführer.

„Auf das Lebensgut Pommritz, in die Erlebniswelt Philosophie."

Trixi strahlte, als sie das hörte.

Na also, dachte sie, Erlebniswelt hört sich schon besser an. Aram ging zurück in die Funktionsauswahl und klickte *Wegweiser* an. In das erscheinende Feld schrieb er *Lebensgut Pommritz* und automatisch verkleinerte sich das Bild und zog sich in den Passanten zurück. Stattdessen schwebte über dem Passanten nun ein kleiner blauer Pfeil, der den beiden Jugendlichen die Richtung wies.

Trixi sprang auf ihr Board. Sie wollte sich nicht wieder von Aram besiegen lassen. Die beiden sausten eine knappe Stunde bergab, mal schneller, mal langsamer. Während der Fahrt sprachen sie kein einziges Wort. Sie genossen es einfach, gemeinsam zu fahren und die Freiheit zu spüren, die in Form des Fahrtwindes ihre Haare wild verwuschelte. Sie kamen an einem kleinen, kaputten Bahnhofsgebäude vorbei und rollten langsam durch ein winziges Dorf. Hinter einer kleinen Pferdekoppel leitete sie eine Einfahrt auf einen alten Bauernhof, der offensichtlich umgebaut worden war. Es herrschte ein geschäftiges Treiben. Gegenüber der Einfahrt waren in einem großen, zweistöckigen Gebäude die Fenster geöffnet und der herrliche Duft frischen Essens erinnerte die beiden daran, dass sie noch nichts zu Mittag gegessen hatten. Beide schauten sich an, lächelten und gingen dann langsam auf das Gebäude zu, vor dem viele Menschen saßen oder standen und sich unterhielten. Etwas fehlte, aber Trixi war sich nicht sicher, was.

Sie gingen durch den Eingang in eine Empfangshalle, die uralt war und das sah selbst Trixi sofort. Immer dem Duft nach, bogen sie links ab und betraten einen Raum, in dem mehrere, lang gezogene Tische und zugehörige Bänke aufgestellt waren. Eine junge Frau sprach die beiden an, da diese offensichtlich etwas orientierungslos waren.

„Na ihr, zu welcher Truppe gehört ihr denn?"

Trixi fing sich zuerst: „Wir wollen uns die Erlebniswelt Philosophie anschauen, sind aber von dem leckeren Duft irgendwie hierher gezaubert worden."

Die junge Frau lächelte und fragte: „Ihr seid einfach zu zweit hier, um euch die Philosophie-Erlebniswelt anzuschauen?".

Trixi und Aram schauten nun in ein erstauntes Gesicht und beide antworteten gleichzeitig: „Ja".

„Wie alt seid ihr?", fragte die Frau weiter.

Trixi überlegte nicht eine Sekunde.

„So alt, dass wir etwas über Diotimas Leiter erfahren wollen."

Die junge Frau lachte schallend. Trixi und Aram hatten keine Ahnung, warum.

„Ihr habt meinen größten Respekt", freute diese sich und während sie die beiden in Richtung Küche begleitete, murmelte sie: „Irgendwas haben wir wohl richtig gemacht", um anschließend laut in die Küche zu rufen: „Xahar!"

Ein junger Mann in weißem Kittel erschien.

„Die beiden hier sind aus Hochkirch alleine hergekommen, um das Philosophie-Museum anzuschauen. Ich finde, wir laden sie auf ein Essen ein, bevor sie sich ans Forschen machen können."

„Aber selbstverständlich. Wenn ihr mit den Boards gekommen seid, dann braucht ihr Treibstoff für die Rückfahrt. Richtig coole Strecke, um zu boarden, das mache ich auch mal."

Die beiden wurden fürstlich bewirtet und nachdem sie übermäßig satt waren, in die Erlebniswelt Philosophie begleitet. Als sie über den Hof zum Eingang gingen, war der viel leerer und stattdessen kamen die Stimmen nun aus den umliegenden Hofgebäuden, die allesamt umgebaut worden waren. Endlich wusste Trixi, was ihr fehlte. Die für die Normwelt typische Hektik, die sonst allgegenwärtig die Atmosphäre in der Normwelt beeinflusste und so ansteckend wie ein Virus war, fehlte hier gänzlich. Sie nahm einen tiefen Seelenzug und es gelang ihr mühelos.

Trixi und Aram betraten eine der umgebauten Scheunen und gingen eine Treppe hinauf. Ein großer Raum, in dem viele kleine und größere Installationen standen, erwartete sie. Mit Bildern, Worten und Modellen wurden hier die Gedanken von Philosophen verschiedenster Zeiten erklärt. Trixi verweilte nur so lange an jedem Model, wie sie benötigte, um herauszufinden, dass es nicht um Diotima ging.

An einer Station, an der Platons Gedanken erklärt wurden, hielt sie an. Eine wunderschöne Frau stand an der untersten Sprosse einer Leiter. Man konnte die Sprossen der Leiter herausziehen. Es waren Schlüssel, mit denen man kleine Boxen aufschließen konnte. Trixi nahm die erste Sprosse und schloss die zugehörige Box auf. Darin war das Abbild eines schönen jungen Mannes und einer schönen jungen Frau, die sich auf einer Blumenwiese liegend in Begehren umschlangen. Trixi schloss die Box schnell wieder und lief knallrot an, als sie verstand, warum die junge Frau so gelacht hatte, als Trixi nach Diotimas Leiter gefragt hatte.

Aram schlenderte durch den Raum. Er wollte Trixi etwas Privatsphäre geben und der Traum, von dem Trixi ihm erzählt hatte, beschäftigte ihn mehr, als er zugeben wollte.

Trixi war sich nicht ganz sicher, ob sie mehr über Diotimas Leiter erfahren wollte, aber sie wusste, dass der Gedanke, der dahinter steckte, grundsätzlich mit ihrem Namen zu tun hatte. Sie nahm die zweite Sprosse aus der Leiter und schloss eine weitere Box auf. Es war wieder die gleiche junge Frau zu sehen. Diesmal trug sie Kleidung und saß in einem kleinen Park vor einer Leinwand. Sie fertigte ein Gemälde von einem Liebespaar an. Die Gesichter der kleinen Figuren zeigten erstaunlich viele Details.

„Der Mensch, der diese Dinge gemacht hat, ist ein wahrer Künstler", sagte Trixi leise zu sich selbst und überwand sich, nun auch die erste Box noch einmal genauer anzuschauen. Die Frau hatte ein ähnlich glückliches Gesicht wie in der zweiten Box, aber die Frau in der zweiten Box wirkte entspannter, weniger getrieben, als würde ihre Seele gerade etwas finden. In der ersten Box schien es Trixi, als würde die Seele der Frau etwas suchen.

Aram blieb hinter einer Stellwand stehen. Er kannte Platon und seinen Gedanken von Diotimas Leiter. Er hatte gelesen, was es darüber zu lesen gab und er hatte dadurch viel über seine eigene Welt gelernt, doch leider nichts über seine Mutter. Dafür war er seinem Vater etwas näher gekommen. Er holte unter seinem T-Shirt ein kleines Amulett hervor. Er öffnete es und holte ein Foto heraus. Es zeigte seinen Vater Travis, zusammen mit Diotima, die über die Schulter zurückschaute und Rosie winkte. Die hatte das Foto gemacht. Es war genau die Szene, die Trixi ihm aus ihrem Traum beschrieben hatte. Er musste unbedingt wissen, ob sie tatsächlich ihn selbst gesehen hatte oder ihn mit seinem Vater in jungen Jahren verwechselte. Es gab nur eine Möglichkeit, das herauszufinden. Trixi musste das Foto sehen und es ihm dann ehrlich sagen. Aber nicht jetzt. Jetzt musste er endlich mal für sie da sein.

Trixi löste sich derweil von dem bezaubernden Anblick in der zweiten Box und war sehr gespannt, was sie in der dritten Box erwartete. Sie hatte ein Gefühl zu jeder Box, aber was sie sagen wollten, war ihr noch nicht so ganz klar. In der dritten Box waren vier Menschen, die aus Glas gemacht waren und in deren Körpermitte jeweils eine winzige Glühbirne glomm. Durch das Gemälde hindurch, das die Frau in der zweiten Box gemalt hatte, betrachteten die Menschen ein großes Feld voller kleiner Glühbirnen. Trixi stiegen die Tränen in die Augen, auch wenn sie nicht wusste, warum. Das Bild ergriff sie, es war voller Erkenntnis. Sie wusste, dass sie Aram fragen musste, denn er konnte sowas viel besser als sie... erklären, verstehen, wiedergeben, aufschreiben und so was.

In dem Moment hatte Aram sich bereits überwunden, zu seiner Freundin zurückzukehren. Sie sah ihn fragend an und er betrachtete kurz die drei offenen Boxen nacheinander.

„Wow", staunte er, „das ist wirklich gut visualisiert."

Trixi lächelte: „Was sehen wir denn da genau?"

Aram machte keine eitlen Umstände oder Erklärungen durch lästige Fragen. Er wusste, dass Trixi jetzt schnell Antworten brauchte.

„Das ist Diotimas Leiter. Platon stellte damit den Weg der Seele zur Erkenntnis des wahrhaft Schönen und der Weltenseele dar", erklärte er, „im ersten Schritt der erwachsenen Seele hin zur Liebe ist das Verlangen ausschlaggebend. Die Liebe zu einem schönen Körper und auch die Lust daran, selbst begehrt zu werden."

Er schloss die erste Kiste und die beiden entspannten sich etwas.

„Als zweites erkennt der Liebende, dass die Liebe tiefer geht und sich nicht im bloßen Begehren erschöpft. Der Liebende erkennt, dass Liebe von allen Menschen empfunden wird. Die Seele versteht, dass sie mit vielen Seelen gemeinsam Freude und Schönheit teilen kann und dass das nicht nur körperliches Begehren ist, sondern Erkenntnis und Wahrheit. Hier siehst du das in dem Versuch der jungen Frau, die Liebe des Paares und damit auch gleichzeitig ihre eigene Liebe auf die Leinwand zu bannen."

Aram schloss die zweite Kiste und ging weiter.

„Und hier siehst du eine Seele, die zur Blüte gekommen ist und Schönheit und Liebe in ihrer Gesamtheit begreifen kann. Diese Seele nimmt nur noch den seelischen Kern seines Gegenübers wahr und hat eine Verbindung zu dem gefunden, was Platon als die Weltenseele bezeichnet hat. Man sieht das hier in Form dieses Seelenfeldes aus Glühbirnen. Für diese Seelen ist der Körper nicht mehr wichtig und sie blicken, indem sie etwas Schönes oder Wahrhaftiges anblicken, die Weltenseele selber an, aus der alle Seelen stammen und in die alle Seelen wieder zurückkehren."

Trixi musste sich angesichts dieser ausführlichen Erklärung kurz fassen und wusste nicht genau, was sie denken sollte.

„Aber das ist doch schon die Erklärung von Seelenblüte", sagte sie mit einem leeren Gesichtsausdruck.

„Naja, das sind die ältesten Gedanken, die die Menschen noch kennen und die überliefert wurden. Die Normweltler beschäftigen sich natürlich immer weiter mit der Liebe und der Seele der Blüte, der Seele im Laufe des menschlichen Lebens. Ich habe dort hinten noch etwas Schönes dazu gefunden."

Trixi ging hinter Aram her. Der nahm ein Buch von einem der Modelle und reichte es Trixi.

„Aurobindo", las sie laut vor.

„Das ist der Autor", bemerkte Aram.

Trixi schlug das Buch an einer beliebigen Stelle auf und las laut vor, während sie langsam durch den Raum ging: „Ebenso wird der essenziell Liebende nach Vollkommenheit suchen, weil Vollkommenheit die Natur der Essenz ist und weil er, je mehr er in die Vollkommenheit hineinwächst, den Geliebten desto inniger in seinem natürlichen Wesen geoffenbart fühlt. Er wird, wie das Aufblühen einer Blume, in die Vollkommenheit hineinwachsen, weil die Essenz und deren Freude in ihm sind. Während sich diese Freude in ihm ausbreitet, wachsen seine Seele, sein mentales und sein vitales Wesen ganz natürlich zu ihrer Essenz empor."

Trixi schwieg kurz, hielt aber nicht an. Aram setzte sich. Er kannte das Buch natürlich.

Trixi überlegte nun laut: „Dann ist die Essenz so etwas wie die Weltenseele. Seelenblüte bedeutet also einfach nur, zu dem Besten werden, was man sein kann. Im Sinne des Begehrens und der Bedürfnisse der eigenen Seele und der Seelen der anderen."

Sie lächelte, denn der enorme Druck, der seit ihrer Gogyo-Ki auf ihr lastete, fiel von ihr ab.

„Schon, aber wichtig ist, im Sinne eines gesunden und seelisch bereichernden Lebens. Nicht im Sinne purer Leistungsfähigkeit oder um fremden Ansprüchen zu genügen", ergänzte Aram schlau.

Trixi las weiter: „Mittels unserer Anlagen kann die Essenz uns anrühren, unseren Geist erwecken und befreien. Wenn man diese tiefe Daseins-Freude erlangen will, muss man die mentale Empfänglichkeit dafür verfeinern, geistig und universal machen und alles entfernen, was trübe ist und beschränkt. Denn wenn wir ganz nahe an die Seins-Seligkeit herankommen oder in sie eingehen, geschieht das durch einen erwachten, inneren Sinn für transzendente und universale Schönheit".

Trixi überlegte kurz laut: „Wenn ich mich mit dem beschäftige, was ich liebe, dann wachse ich innerlich und äußerlich. Dann erblüht meine Seele".

„Und wenn du es schaffst, so zu sein, dann kannst du andere damit inspirieren und vielleicht dazu bringen, ihre eigene Seele zu entdecken."

Trixi sah Aram nicht, während er das sagte. Sie kehrte gerade von ihrer Lesetour zu ihm zurück. Als sie an einem Aufsteller vorbei vor ihn trat, hielt er die aufgefaltete Fotografie des Amuletts unter sein Gesicht. Es war genau die Szene aus Trixis Traum bei der Gogyo-Ki. Aram wartete kurz ab und flüsterte dann: „Das sind Diotima und mein Papa. Hast du die gesehen oder wirklich mich?".

114

Über den Herausgeber:

Geboren 1961 in Bautzen, studierte Maik Hosang Philosophie, Psychologie und Anthropologie an der Humboldt-Universität Berlin. 1990 promovierte er zu dem Thema „Der Mensch in den Evolutionsschichten der Selbstorganisation".
Seit 2012 vertritt er die Professur für Kulturphilosophie und Transformationsforschung an der Hochschule Zittau/Görlitz.
Weitere Schwerpunkte seiner Arbeit sind die Zusammenhänge von Ökologie, Ethik und Freiheit sowie von Nachhaltigkeits- und Glücksforschung.

Über den Autor:

Philipp Wohlwill ist studierter Ethnologe mit Abschlussarbeit zur Emotionsforschung. Er ist freiberuflicher Texter mit Kommunikationsaffinität, Verständnis interkultureller Zusammenhänge und sozialer Nachhaltigkeit. Er weist eine umfangreiche freiberufliche Erfahrung in der Text- und Videoproduktion auf und hat eine große Leidenschaft für Storytelling.